GIACOMETTI

Franck Maubert

Giacometti

Fayard

Couverture : Le Petit Atelier
Illustration de couverture : © BPK, Berlin, Dist. GrandPalaisRmn /
Abisag Tüllmann

ISBN : 978-2-213-72754-7
Dépôt légal : mai 2025.

Préambule

La première fois, *L'Homme qui marche* m'est apparu sous une lumière d'orage. Ce fut une décharge électrique. Jamais une œuvre d'art ne m'avait autant bouleversé. Depuis ce jour où, sous une pluie battante, agenouillé, eau coulant dans le dos, traversé de frissons, je suis resté hypnotisé, seul face à lui dans la cour de la fondation Maeght, j'avais alors dix-sept ans, Giacometti m'accompagne plus que n'importe quel autre artiste. Son *Homme qui marche* est l'illustration impeccable de la formule de Hegel : « L'être de l'esprit est un os. »

Des années plus tard, c'est une de ses peintures qui m'a happé. Un portrait de Caroline m'étonnera, m'arrêtera, jusqu'à me magnétiser, m'enfiévrer. Vision intense et aiguë, yeux dans les yeux. Impossible de quitter son regard. Et, chaque fois, ce sera pour moi la nécessité d'écrire un livre. En rencontrant un après-midi à Nice, son amie, son amour aussi, Caroline, au bout de sa vie, j'ai eu l'impression à travers ses paroles émoussées d'approcher l'homme et le mythe. Ce sont les deux textes qui sont rassemblés dans ce même volume, *L'Homme qui marche* et *Le Dernier Modèle*. J'espère que l'un éclaire l'autre, accompagne l'autre. J'ai tenté à travers ces lignes de mieux comprendre le cheminement et l'acte créatifs de Giacometti et de mieux connaître l'homme, celui que l'on a envie d'appeler par son prénom, Alberto. Difficile chez lui, comme chez tout grand artiste, de dissocier l'œuvre et l'homme. Ils ne font qu'un, ils ne sont qu'un.

Pourquoi Giacometti est-il l'une des toutes premières figures du siècle dernier – avec Picasso, Matisse, Derain, Bacon – et peut-être avant tous ceux-là ? Et pourquoi me parle-t-il plus que tout autre ? La réponse tient en un seul mot : Humanité. Giacometti donne une matière à l'Homme. L'Homme comme une éternité, une universalité. Celui d'hier, d'aujourd'hui, de demain. Un homme hors du monde, une figure à jamais vivante et ses nuées d'ombres, comme le nuage où miroite l'insoupçonné. Une trouée dans les apparences. Sans doute nous aide-t-il à remonter du fond de la nuit, à mieux comprendre la détresse de la condition humaine. Ainsi vont le rôle de tout grand poète et la loi de l'art, du grand art : sortir des méandres de l'abîme, chercher ce qu'il y a derrière. Dans ses dessins, ses peintures, ses sculptures, où l'on perçoit un tremblé, une subtile vibration, comme une incertitude et une interrogation, il montre tout l'individu. Ce « tout », cette pleine présence, passe d'abord par le regard, les yeux. Ce n'est pas un hasard s'il ne cessait de se battre avec son sujet, creuser, creuser de ses doigts, de ses ongles même et approfondir la terre, la glaise, la matière, jusqu'aux limites du possible, et, dans ses peintures, jusqu'à percer la toile de son pinceau, appuyé d'un cerne foncé, pour fouiller, gratter les orbites. Fin réseau de lignes blanches et noires, peintes puis effacées, reprises, réeffacées ; faire surgir le visage tout en le niant : il faut peindre le visage, il faut qu'il naisse sur la toile. Je veux dire qu'il faut le peindre non pas comme une chose qui est là, mais au contraire comme une chose qui n'est pas, une chose qui ne commencera à naître qu'en étant regardée, aimait-il répéter. C'est-à-dire peindre le néant, effacer et effacer jusqu'à ce qu'il ne reste peut-être plus rien… Giacometti ne cherche pas à plaire, à « faire beau », ce grand mirage ; non, il est habité par une lucidité, qu'il s'évertue à transmettre lorsqu'il affronte la matière, saisir une vraie présence, tout ce qu'a d'émouvant une vie, saisir ce que nul vivant ne peut voir. Et de nous inoculer sa fièvre.

Chaque portrait l'occupe sur des périodes assez longues, quitte à lasser son modèle. Il préférait s'attacher à ce qu'il nommait la « réalité rugueuse à étreindre », rendre le visage vivant, toujours habité par le doute, le sentiment d'échec, toujours à traquer l'impossible puisque « créer c'est échouer ». De chacun de ses modèles – Annette, Diego, Yanaihara, Isabel, Caroline –, il fait des dieux et des déesses. Ce pourrait être un paradoxe. Une telle force s'en dégage qui à la fois, rapproche et éloigne, telles des divinités que l'on pense connaître mais qui restent insaisissables. Les hommes, les femmes qu'il représente, toujours des proches, apparaissent dans leur solitude et l'être entier s'y révèle, isolé du reste du monde, *inaccessible*, écrira Jean Genet. Sans s'attacher à ajouter ou s'attarder sur le détail d'un vêtement, une fioriture ou un élément de décor, non, l'être s'expose dans sa nudité, sa crudité singulière, son dépouillement. Et ses visages nous regardent. Simplicité et intensité. Et, tiens donc, dès 1928, il avait donné ce titre à une de ses œuvres : *Tête qui regarde*. Qui du modèle et du spectateur fixe l'autre ?

Là réside sa puissance, sa force dans cette tension, ce combat des jours, de l'artiste face à son modèle. Il devait les fatiguer à les garder immobiles durant des heures devant lui. Certains d'entre eux supportaient difficilement cette épreuve, d'autres capitulaient. Lui aussi s'épuisait à la tâche, il reprend, rectifie, s'acharne, ne cessant de modeler presque de façon compulsive. Jean Genet parle de « visages aspirés ». Pour mieux comprendre Alberto, il faut saisir son insatisfaction. Toujours inassouvi, mécontent, Alberto, absorbé par son œuvre, n'abandonnait jamais. Alors qu'il pouvait dire – par coquetterie ? : « Si je fais de la sculpture, c'est pour en finir, en finir au plus vite. » Il n'en finissait jamais. Exigeant, tourmenté, jamais apaisé, jamais satisfait, il poursuivait sa tâche dans son petit atelier de la rue Hippolyte-Maindron imprégné du gris de la poussière de glaise. « Impossible de saisir l'ensemble d'une figure. Mais si on commençait par analyser un détail, le bout du nez, par exemple, on était perdu. On aurait pu y passer la vie sans arriver à un résultat. La forme se défait, ce n'est plus que comme les grains qui bougent sur un vide noir et profond, la distance entre une aile du nez et l'autre est comme le Sahara, pas de limite, rien à fixer, tout échappe », note-t-il quelque part. Ou encore : « Je ne fais qu'en défaisant. Je n'avance qu'en tournant le dos au but. » Il a en horreur l'infini et parvient à jeter ce « temps hors du temps » qu'évoque Paul Valéry.

On connaît l'histoire, mais si frappante que je me permets de la rappeler quand il dit se voir dans la rue comme un chien. Le chien, signe de misère et de solitude. Tout Giacometti réside dans cette vision qui répond à la fameuse photo de Cartier-Bresson, l'échine courbée sous la pluie. Un être comme un autre, vivant, dans son dénuement. Presque misérable.

On a tous en nous quelque chose de Giacometti. À vous de forger la clef pour mieux ouvrir la porte Giacometti, celle d'Alberto.

Franck Maubert

Le Dernier Modèle

Pour Béatrice.
Pour Pierre Le-Tan.

« Pourquoi ne pouvons-nous dominer ce qui est, comme du rebord d'une terrasse ? Exister, mais autrement qu'à la surface des choses, au tournant des routes, dans le hasard. »

Yves Bonnefoy, *L'Arrière-pays.*

L'après-midi de notre première rencontre, cet été d'il y a trente ans et plus, envahi d'une humeur sombre, due à un dépit amoureux, je m'étais réfugié dans les salles fraîches du musée d'Art moderne. J'avançais en somnambule, perdu au milieu d'une exposition de portraits, prêtant peu d'attention aux œuvres. Jusqu'à ce qu'un tableau m'arrête, ou plutôt un regard. Celui d'une jeune femme assise, face au peintre, dans une robe rouge, mains posées sur ses cuisses. Rien, a priori, ne distinguait cette peinture d'une autre. À mes yeux, si, pourtant. Ce portrait-là précisément me parlait. Un rayon de soleil oblique tombait sur le visage du modèle et étincelait d'un effet d'émail doré. Sous les résilles des traits foncés, la force de ses yeux profonds, comme creusés dans la matière, m'attirait. Et plus je les fixais, plus ils m'aimantaient, comme s'ils tournaient légèrement dans leur orbite pour m'hypnotiser.

Ils agissent d'eux-mêmes, sans aucun soutien extérieur. Votre vision embrasse tout l'espace, toutes les images autour, et là, soudain un tableau, un seul, vous retient, il n'y a plus que lui, vous êtes avec lui. Plus rien n'existe autour. Vous reculez, vous avancez, vous entrez dans le tableau. Le tableau vient à vous. D'habitude, vous faites un effort d'abstraction ; lorsque l'on s'imprègne d'une peinture, il faut s'y tenir et ne pas se laisser distraire, ni se laisser happer par l'échappée d'une autre fenêtre, afin de rester au plus près de son sujet. Là, une lueur m'appelait, et cette femme assise me regardait, ne regardait que moi et devenait plus fort que tout. Planter son regard dans le sien. Il devient plus dense, plus pesant, comme chargé d'une énigme. Je l'écoute. Autour, le monde s'est tu. Seule subsiste sa lumière intérieure. Son visage absorbe votre attention tout entière. On se fixe, je ne sais plus très bien lequel de nous deux scrute l'autre. Nous sommes restés un long moment dans ce face-à-face immobile, jusqu'à ce que les toussotements gênés d'un autre visiteur nous dérangent. À regret, je lui laisse ma place, je lus le cartel :

« Alberto Giacometti, *Caroline*, 1965, huile sur toile, 92 cm x 65 cm, collection privée. »

Je ne savais pas, à ce moment-là, que notre avenir allait être scellé et qu'un jour j'allais retrouver Caroline.

Dans le pays, l'hiver se prolonge. À Nice, il en est autrement. Aux terrasses des cafés, les premières chaleurs occupent les conversations. Un soleil sourd de tout l'espace, un soleil neuf de printemps, un soleil qui chauffe l'air. Les uns prévoient un retour prochain de la pluie ou du froid, les autres se rassurent et se contentent de l'accès de douceur. Au dernier étage d'un de ces immeubles de la Riviera construits après-guerre, dont les balcons ouvragés dessinent des vagues, une terrasse à l'abandon. En ce début de mois d'avril, si l'on s'y penche et si l'on incline la tête, on peut apercevoir, tout en bas, les touristes qui se suivent comme s'ils étaient à une procession. Ils apparaissent et disparaissent dans l'éblouissement du jour. La plupart d'entre eux parlent anglais, d'autres italien. C'est la promenade des Anglais qui mène à l'aéroport. Une femme, une toute petite femme menue, se tient à la rambarde de fer forgé. Elle hume l'air du printemps, observe ceux qui défilent en bas, elle n'attend personne. Un léger sifflement semble s'échapper de la minceur de ses lèvres soulignées d'un rouge dessiné à la hâte. Cette femme n'a l'air de rien, sinon d'un professeur de danse à la retraite, si l'on s'en tient à ses traits tirés qu'accentuent des cheveux retenus par une barrette. Son visage ? Celui d'une femme vraie, qui n'a pas triché avec la vie, celui d'un bout de femme, comme perdue et fatiguée. L'intensité de son regard vous arrête et ses yeux noyés deviennent immenses, d'une clarté dévorante. Je reconnais ceux du portrait de Giacometti qui m'avait stupéfié, trente ans plus tôt, au musée d'Art moderne, ce sont ceux de « Caroline ». Comment oublier son regard ?

Avant de rencontrer quelqu'un pour la première fois, vous ne savez pas qui vous attend. Vous ne connaissez pas les accents de sa voix, ni son caractère, ni la lumière qui modèle la chair de son visage. Quand je l'ai appelée pour prendre rendez-vous, d'entrée elle a rejeté le « madame » et, à l'autre bout du fil, comme un grésillement lointain : « Appelez-moi Caroline. »

D'elle, je ne savais presque rien, et encore moins de son passé. Elle fut la dernière compagne d'Alberto Giacometti, sa « maîtresse », pour employer un terme bourgeois qui ne convient guère à cette femme, ni à l'artiste d'ailleurs, même si jusqu'à la fin de sa vie, en janvier 1966, Alberto demeura l'époux d'Annette.

Dans les dessins et les peintures de Giacometti, le cadre dans le cadre resserre et concentre jusqu'à focaliser l'attention sur les yeux. De ceux de Caroline, à force de recommencements, surgit un regard qui dit tout de sa personne. L'artiste y avait perçu une solitude et une douleur infinies. Là réside la discipline du créateur, qui s'attache à son modèle, là même où il ne laisse pas la vérité s'étouffer. Son acharnement aussi, qui fait que, même démuni, jamais il n'a renoncé à saisir l'essentiel. Alors, il restitue une énigme.

Aujourd'hui, des décennies après ces dessins, le même regard vert me fait face. Pas de difficulté à le saisir, il est immédiat, il ne ment pas, il interroge. C'est bien celui de la « Caroline » de Giacometti, son dernier modèle. J'en perçois la force et la détresse dépouillée de tout. Elle aussi perçoit que je l'examine, que je suis attentif au moindre de ses gestes, au moindre de ses déplacements. Dans un premier temps, elle se sent animal traqué et se défend par de petits rires nerveux, comme une succession de cris presque imperceptibles. Oui, elle se cache derrière son regard, et elle le sait.

Entre elle et moi, il semble qu'il n'y a rien, que rien ne passe. Quelle parole pour s'élancer ? Comment aborder l'autre rive, celle de ses silences ? Comme pour retarder ce moment, elle me fait la visite de son petit intérieur, un deux-pièces meublé du strict nécessaire. Quelque chose de délaissé et de négligé. Elle s'excuse d'ailleurs du désordre et prétexte sa santé qui lui joue des tours. La visite se poursuit : au fond, un bout de couloir en guise de cuisine, puis, contiguë, sa chambre et, sur une table de chevet, près de son lit défait, un exemplaire écorné de *Belle du seigneur* et une photo en noir et blanc d'Alberto, abîmée, comme si elle avait été froissée puis repassée. Un portrait sans cadre qu'elle ne cessera de brandir en me répétant : « Il est beau, mon Alberto. »

Dans le salon traînent sur une table basse les reliefs d'un repas ; contre le mur, un maigre matelas replié en trois dans un lit « clic-clac ». La présence d'un intrus dans un appartement est révélée par bien des signes, même s'ils sont dispersés. Des cendriers débordent de bouts de filtre, des plaquettes de cachets aussi. Caroline n'a pas l'esprit en repos. Elle susurre, maugrée, se plaint : « Il me maltraite, il me maltraite. » Qui héberge-t-elle ? Qui cache-t-elle ?

La baie vitrée s'ouvre sur le large balcon : je propose à mon hôtesse de nous installer à l'extérieur et de profiter des premiers rayons de soleil, si toutefois elle n'a pas froid. Elle marmonne des mots inaudibles et finit par acquiescer. Dans le ciel, les moyens-courriers laissent des traînées de gaz et répandent une odeur de pneus brûlés. Si l'on se penche, de biais, on aperçoit les palmiers de la promenade des Anglais et le bleu de la Méditerranée. De l'autre côté de l'étroite rue, un immeuble avance ses bow-windows. Les fenêtres sans rideaux laissent voir des pièces vides, comme si les locataires avaient dû brusquement quitter les lieux. Ces appartements silencieux donnent une sensation de froid et de vertige, de sol qui se dérobe sous nos pieds.

Caroline m'invite à prendre un siège en plastique blanc jauni et s'assoit à l'autre bout de la table du même ensemble de jardin. Une cage à oiseaux vide nous sépare. Sa porte est entrouverte. Les canaris se sont réfugiés, à l'autre bout de la terrasse, dans les branches sans feuilles et sans fruits d'un citronnier, arbre dénudé qui m'évoque celui sculpté par Giacometti pour le décor d'*En attendant Godot* de Samuel Beckett. « C'est leur cage, oui, c'est leur cage, mais ils sont libres, ils vont, ils viennent… Je les envie. » Les oiseaux piaillent, pépient ; ils sont huit ou dix, peut-être plus, ils sautillent, on ne peut les dénombrer. Leurs cris donnent vie au paysage désolé qu'offre la terrasse avec ses balais, seaux et serpillières à l'abandon.

Tout à coup, elle est là, entière, à moi seul, et elle tente de se livrer. Enfin, oui, elle essaie, elle se décide, à force que je l'y incite : « Vous savez, moi, je ne sais pas parler. Et je n'ai jamais parlé. » Elle allume une Kool au menthol avec un mini-briquet Bic, tire une longue bouffée, remonte le menton, après avoir baissé la tête. « J'en fume depuis que j'ai connu Alberto, les paquets ont changé. » Ses mains aux doigts noueux sont soignées. Quelque chose de tremblant en elle, l'onde d'un souvenir : « Je l'ai aimé à la folie, comme lui m'aimait à la folie. » Toujours cette voix ténue, suspendue à un fil. Dans le lointain, le ressac de la mer alterne avec le démarrage des motos, au feu rouge, en bas, qui couvrent ses silences.

Tout en elle n'est que fragilité, jusqu'à ses sourires qui ponctuent son mutisme. Il y a chez elle une absence qui la rend, par moments, inaccessible. Je la regarde et la regarde encore, à la recherche des traits fins et légers de la belle femme de vingt ans, celle à qui Alberto avait succombé. Celle qui le fascinait tant et dont il était tant épris, à tel point qu'il renonça même, sur son insistance, à passer une soirée avec Marlène Dietrich. Après avoir remarqué, à l'exposition, au musée d'Art moderne de New York, le *Chien au corps efflanqué*, échine courbée, l'actrice avait insisté auprès d'un ami commun pour rencontrer le sculpteur. À Paris pour une série de représentations au théâtre de l'Étoile, la star se rend à l'atelier. Dans la poussière blanche, elle découvre le sculpteur perché sur une échelle, attelé à de hautes statues de femmes nues, mains collées sur les flancs. Marlène, accroupie à ses pieds, l'écoutait : « Mais ce qu'il dit fut si triste que j'en aurais pleuré [...]. Lorsqu'il fut à ma hauteur, nous nous étreignîmes », écrit Marlène au détour d'une page de ses souvenirs. La visiteuse avait deviné l'identification de l'artiste, qui disait : « Ce chien, c'est moi. »

Alberto sut résister aux avances de l'Ange bleu et à ses insistantes roses rouges, accompagnées de ses billets griffonnés de « Je pense à vous ». Même s'il lui consentit quelques cafés, au creux de l'après-midi, dans un bar, à l'angle de la rue d'Alésia et de la rue Didot, il y eut de nombreux rendez-vous manqués. Une limousine et son chauffeur l'attendaient. En guise d'excuses, il lui arrivait de répondre par un dessin représentant un bouquet de roses, comme celui récemment mis en vente à l'hôtel Drouot. Pour clore leur histoire, il déposa une de ses statuettes en plâtre, un chat, à l'hôtel *Lancaster* où vivait alors l'actrice.

Caroline n'a pas de fierté quand elle évoque, par bribes, cette fausse idylle, convaincue qu'Alberto n'avait d'yeux que pour elle. D'ailleurs, il ne fit jamais poser Marlène. N'est-ce pas là la preuve de son désintérêt pour elle ? Tout comme ce soir-là où Caroline réussit à le garder auprès d'elle, alors qu'il devait rejoindre celle qui avait fait et faisait encore rêver tant d'hommes. Elle n'en tire aucune espèce d'orgueil. Caroline se contente d'une phrase qui dit pudiquement tout son amour : « J'ai plus que de la nostalgie pour Alberto. »

À cet instant, ses lèvres pincées esquissent un sourire d'une douceur triste. Suit un silence, comme si sa parole était venue de loin.

Nous nous contentons d'observer les serins tournoyer autour du citronnier en un ballet dont, seuls, les oiseaux détiennent le secret. Sa tête semble prise de légers vacillements. Dans l'air immobile, nous écoutons le chant des canaris. Elle me fixe, toujours ce mince sourire aux lèvres, son excuse. Lasse, elle effleure d'une main son front, comme pour chasser une migraine. Puis, quelque chose de tonitruant, les hurlements d'une ambulance ou d'une sirène de police. Je sais ce qu'elle pense dans sa petite tête d'oiseau : « Je serai quand même, bientôt, tout à fait morte, enfin. »

Elle relève la tête et finit par prononcer cette phrase. Je hausse les épaules, elle se lève et, perchée sur ses petites bottines, donne l'impression de marcher au trot. Debout, elle ne tient pas d'aplomb, chancelle. Une cigarette allumée d'un geste élégant, par habitude. Elle tire une première longue bouffée. Sa manière de fumer, le rouge de ses ongles vernis, au bout de ses doigts, sa main que termine la cigarette jetée comme un défi, ramènent à des jours et des nuits enfuis, ceux des bars de Montparnasse qui remplaçaient les maisons de rendez-vous fermées après-guerre par Marthe Richard.

Caroline est jeune, très jeune, vingt ans à peine. Comment est-elle arrivée dans ce petit carré de Montparnasse, entre la rue Bréa et la rue Vavin, ce quartier où les filles entraînaient les clients à boire, à monter aussi peut-être, sans doute, avec elles, dans la chambre d'un meublé ou d'un proche hôtel ? Elle ne se pose pas la question, ne se l'est jamais posée : « J'étais jeune, et seule, il fallait bien se débrouiller. Vivre... » Oui, vivre sa vie.

Caroline vient de la côte vendéenne. Sans plus de précision. J'insiste. La vieille dame qui se tient devant moi préfère dissoudre ses souvenirs dans un sfumato confus. Secouée par une brève convulsion, elle agrippe ses doigts à la table de plastique, dans une émotion qu'elle contient mal. Sur son enfance perdue, je lui arrache une image sombre, puis une autre, un mot, des fragments de vie. Les difficultés d'une mère battue, l'Assistance publique. Le peu s'enchevêtre et se contredit. « Je n'ai pas connu mes parents... Euh, enfin si, sûrement... Mais, je ne les ai pas connus. » C'est curieux comme les fragments épars que je recueille font écho à ma propre enfance. Je ne le lui dis pas et la laisse poursuivre : « Ma mère était seule, enfin, il y avait des messieurs. » Elle s'interrompt, lève les yeux au ciel, regarde passer les nuages et leurs ombres, puis elle reprend sur le ton de la confidence : « Tant qu'à faire, j'aurais préféré n'avoir ni père ni mère. J'étais, en quelque sorte, abandonnée, mais on oublie ces moments-là, le sordide finit par disparaître. » Oui, on oublie, enfin, on essaie, mais je sais que l'abandon finit toujours par ressurgir et que ce sentiment ne vous quitte jamais. Ça, je le sais.

« Après, j'étais en pension chez des pasteurs, on nous enquiquinait tout le temps avec les prières… De toute façon, il n'y a pas de Dieu… Quel Dieu ? Je ne sais même plus où c'était. À Angers ? À Cholet ?… » Elle prétexte une perte de mémoire, suite à une chute sur la tête, ces derniers jours. Elle ne se plaint pas. Une femme qui a souffert ne se plaint pas. Elle a enfoui son pays de l'enfance, perdu son éden, jusqu'à l'ignorer, le gommer tout à fait. Aucune trace nulle part. Sa Vendée natale semble loin, bien loin. Ses écoles, qu'elle a quittées tôt, trop tôt, aussi. À quoi bon insister ? Oui, on préfère oublier.

Caroline ne se prénomme pas Caroline mais Yvonne, comme l'épouse du général de Gaulle. « Caroline » est plus pimpant. Ce prénom évoque les reines de siècles passés ou bien *Caroline chérie*, dans ces années-là, incarnée au cinéma par Martine Carol. C'est un homme qui l'a choisi pour elle ; elle ne me dira pas qui. Les filles préféraient utiliser des prénoms à la mode plutôt que le leur, marqué d'une époque plus ancienne. Il fallait bien, d'une manière ou d'une autre, sortir de sa condition. Oublier que l'on vous a oubliée.

Plus jeune, j'avais rencontré des filles qui avaient connu le même sort que Caroline, débarquées, elles aussi, de leur province et attirées par l'argent immédiat. Je ne dis pas facile, car ça ne devait pas l'être tous les jours, facile. Elles aussi, rue Saint-Denis, portaient des noms d'emprunt plus charmants ou plus exotiques que le leur. Je me souviens de Ludivine, de Sonia, d'Amande, de Flora... J'habitais leur quartier et je fréquentais leur café, un bougnat à l'angle de la rue des Lombards et de la rue Saint-Denis. Combien de fois m'avaient-elles prêté de l'argent ? Nous riions ensemble, nous buvions des canons, elles me racontaient leurs histoires avec leurs clients. L'une d'elles montait, tous les mercredis, avec un homme en costume trois-pièces qui l'obligeait à faire l'amour sur des escalopes de veau, avant d'aller les déguster avec sa femme. La perversion n'est pas toujours du côté que l'on croit.

Caroline s'appelle en fait Yvonne-Marguerite Poiraudeau, un nom de l'Ouest. « C'était moche et vieillot, cette Yvonne, ce n'était pas moi. Je sais que mon nouveau prénom m'a soulagée de ma vie d'avant. » Désormais et pour l'éternité, elle est un prénom qu'elle apprécie : Caroline, la Caroline de Giacometti.

J'ai retrouvé, il y a quelques semaines, dans un catalogue de ventes, une série de photos d'elle et d'Alberto prises à l'époque où elle commençait à « vivre sa vie ». La plupart de ces tirages en noir et blanc aux bords dentés porte la marque d'un tampon au nom de Caroline. Je les lui évoque, elle prétend ignorer leur existence. Un mystère de plus. Sur l'un de ces clichés, il semble que la scène se déroule *Chez Adrien*, un bar de la rue Bréa où Alberto avait ses habitudes. J'ai cherché son adresse exacte. Ce lieu, comme tous les autres bars du même genre et de la même époque, a disparu. J'ai interrogé des vieux concierges d'hôtel et des barmen à la retraite. En vain. Cette période est déjà lointaine. La plupart de ses acteurs se sont effacés. Dans les photographies, au fond du décor, une grille de fer forgé, et un tableau, un nu, dont on n'aperçoit que le bas, grossièrement peint à la manière cubiste. Caroline est attablée avec Alberto devant une bouteille de Coca-Cola et un flacon d'eau de Seltz. Son allure est celle d'une jeune femme moderne, comme l'on devait dire, à la fin des années cinquante. Déjà son visage dégage une grande mélancolie, même quand elle sourit. Ce qui ne l'empêche pas d'être gaie et légère, ce qu'elle exprime, en premier, malgré tout. Sur l'une des photos en noir et blanc, elle porte un twin-set clair et un collier de pierres foncées. Son chignon haut lui libère le cou et lui donne une allure très féminine. Sur une autre photo, elle a conservé son manteau au col échancré qui retombe sur les épaules. De profil, on remarque son nez légèrement retroussé, l'arc des sourcils et, toujours, ce quelque chose de perdu dans le regard. Un trait de mascara ne peut le dissimuler. Ils se tiennent côte à côte. Alberto a le dos voûté, son éternel air de chien battu, la mine chiffonnée des nuits sans sommeil. Il me semble les entendre. Ils parlent à voix basse, chuchotent, échangent des mots tendres. Je ne sais si parfois Alberto riait, il a l'air si triste. À la fin des années cinquante, Alberto est déjà un homme usé et fatigué. Il fume beaucoup, trop, allume cigarette sur cigarette. Quatre paquets par jour.

Qui a bien pu prendre la photographie ? Sur une autre de ces images figure une jeune femme aux cheveux courts, un grain de beauté au-dessus de la lèvre. Est-ce elle qui a pris les autres clichés ou est-ce plutôt ce serveur de *Chez Adrien*, Abel, un Noir à l'air charmeur et volubile qui se tient derrière l'objectif ?

Je me demande quand et dans quelles circonstances Alberto et Caroline se sont rencontrés. Alberto prenait aussi ses quartiers dans d'autres bars de Montparnasse, mais *Chez Adrien* avait sa préférence, pour la jovialité des filles. Parmi celles-ci, il y avait Ginette et Dany, des demoiselles simples, un rien débauchées. Il apparaissait autour de minuit et, parfois, faisait la fermeture vers les quatre heures du matin. Même si sa veste pouvait porter des traces de plâtre, personne ne prêtait attention à lui. Il se tenait toujours à la même table, celle du fond de la salle, encadrée de colonnes torsadées. Les filles lui donnaient avec respect du « monsieur Albert ». Qui aurait pu penser que cet homme à la mine grise, dans ses costumes chiffonnés, au milieu de quidams échoués là par hasard, des provinciaux, des hommes d'affaires, des représentants de commerce à la recherche de plaisirs fugaces, qui aurait pu deviner que « monsieur Albert » était un artiste reconnu ? Rien dans son attitude ne le laissait supposer.

Chez Adrien était un de ces lieux où ne se pose pas ce genre de question. Pour Alberto, c'était un refuge, loin des visiteurs qui pouvaient encombrer les après-midi de son atelier. En toute tranquillité, il y buvait des cafés ou une coupe de champagne, il y lisait les journaux ou son courrier, griffonnant un dessin au stylo à bille sur son quotidien ou au dos d'une enveloppe, et il y discutait avec les filles, de tout et de rien, jusque tard dans la nuit. Sans jamais se lasser, il observait leurs allées et venues avec les clients, cela avait l'air de l'amuser. Il leur payait des verres et il n'était pas rare qu'il leur donnât une poignée de billets pour les dédommager du temps perdu en sa compagnie ou pour rentrer en taxi quand la nuit était trop avancée.

À chacune de ses entrées dans l'établissement, Alberto parcourait la salle d'un œil scrutateur et détaillait les nouvelles recrues. Mais il n'avait pas tout de suite remarqué la petite dernière, qui se prénommait Caroline. Elle se différenciait des autres filles par un éclat certain et un naturel désarmant. Elle était aussi beaucoup plus jeune, vingt ans à peine.

À sa première apparition, Caroline est vêtue d'un blazer prince-de-galles. Sous l'éclairage tamisé du bar, Alberto a d'abord distingué la douceur de son sourire. Puis ses jambes croisées dans sa jupe pied-de-poule près du corps, quand elle s'est assise sur la banquette de moleskine rouge, devant un seau à champagne, à la table de deux habituées. Alberto est venu se joindre à elles et c'est lui qui engage la conversation. Après quelques coupes, Dany et Ginette lui suggèrent de les emmener dîner toutes les trois à l'*O.K.*, un restaurant où l'on sert tard, jusqu'à cinq heures du matin. C'est à deux rues de *Chez Adrien.* Elles connaissent bien l'artiste. Tout de suite elles notent l'attirance d'Alberto pour leur petite protégée. Ses plissements de paupières et l'inclinaison de sa tête expriment son admiration. Il ne cesse de l'observer de très près : ses yeux verts, ses pommettes, sa bouche rouge ; et dans son allure, quelque chose d'élégant et de canaille à la fois que renforce sa voix, déjà un peu cassée. Caroline garde d'abord un air de réserve, elle boit les paroles d'Alberto, puis, le champagne aidant, elle finit par rire à chacune de ses phrases. À la fin du repas, Dany et Ginette ont la délicatesse de se retirer discrètement.

« Je ne sais pas comment j'ai atterri rue Bréa, mais je sais qu'avec Alberto ce fut immédiat. Tout de suite, il y a eu une drôle d'attraction entre lui et moi, quelque chose d'irrésistible et d'inexplicable. Il se demandait ce que je faisais là. Je ne faisais rien de mal. On m'a dit qui il était. Pour moi, c'était un artiste. Je ne savais pas que c'était un si grand monsieur. J'ai d'abord été frappée par sa physionomie. À sa manière, il était beau, je le trouvais même très beau. »

Je risque une question sur leur différence d'âge. Sans réponse. « Il avait l'air tellement gentil et protecteur… »

Cette nuit-là tombe sur Paris une pluie fine, une sorte de crachin qui donne l'illusion d'être quelque part dans l'une de ces villes portuaires de l'ouest de la France. Caroline et Alberto marchent dans les rues de Montparnasse, bras dessus bras dessous, comme deux amoureux que tout rassemble. Lui, dans son vieil imperméable fripé, elle, dans son manteau beige au col échancré qu'elle a relevé. Lequel des deux a pris l'initiative de s'asseoir sur un banc ? Ils se serrent, s'enlacent, s'embrassent, puis repartent. Ils s'arrêtent contre un arbre, encore le temps de longues étreintes. Ils vont de bistrot en bistrot. Lui, alterne le café et le vin rouge, ou blanc ; elle, le Coca et les bulles du champagne. À mesure qu'avance la nuit, elle est sous son charme. Il l'impressionne. « Je me demandais comment un tel homme pouvait s'intéresser à une fille comme moi. » Cette rencontre en novembre 1958 est un voyage sans fin.

Vers quatre heures du matin, ils partagent des huîtres et une assiette de frites *Chez Dupont*, près de la gare Montparnasse. Alberto ne cesse de parler, et ses phrases l'envoûtent.

« Je me souviens de nos promenades de la nuit, nous marchions où nous menaient nos pas, légèrement ivres. Il parlait de tout, et je l'écoutais, j'aimais l'écouter et, jusqu'à la fin, j'ai aimé l'écouter. »

Leurs conversations alourdies de fatigue errent de bar en bar. Dès le début de leur histoire, Alberto est émerveillé par la jeunesse et la légèreté de Caroline. Près de quarante ans les séparent, il ne se lassera pas, elle non plus. Ils s'aimeront, à leur manière, en pointillés. Ils ne peuvent se passer l'un de l'autre, comme aimantés, et ils se retiennent l'un l'autre, ne se séparent jamais longtemps, jusqu'à la disparition prématurée d'Alberto.

L'artiste ne l'a pas emmenée tout de suite dans son atelier, rue Hippolyte-Maindron. Il se met à fréquenter presque tous les après-midi, au moins un après-midi sur deux, *Chez Adrien* ou l'*O.K.* Il l'attend, il l'épie aussi. Alberto pouvait patienter des heures durant, même ensommeillé, tassé sur lui-même, jusqu'au petit matin. Certains jours, elle ne venait pas. Et il ne comprenait pas son absence. Il questionnait le barman, qui se contentait d'un « Elle arrive ». Parfois, une semaine passe sans qu'elle pousse la porte du bar.

« N'importe quoi est trop long, trop compliqué. Diego à Stampa, Annette à Rome, Caroline disparue. Le téléphone sonne dans l'arrière-salle du bar, si c'était elle ? Non, personne ne vient m'appeler. Je croyais la voir à mon retour, non, silence, où est-elle ? Qu'elle revienne ! Qu'elle revienne ! Voilà tout ce que je sais écrire ce soir, ici, à cette table de l'*O.K.*, à quatre heures du matin », note fiévreusement Alberto, sur un carnet, une de ses nuits d'attente. Ces lignes rédigées à la hâte, répondent à ces quelques vers qu'il a écrits dans les années vingt.

J'avais perdu toutes
les traces des femmes merveilleuses
qui passaient
dans une clairière.

Alberto a toujours aimé les femmes et il n'a jamais caché sa passion pour les prostituées. Quand il ne montait pas avec l'une d'elles, il s'attablait à proximité de l'escalier où l'on voit passer des couples, la femme devant. Ailleurs, dans ses *Écrits*, il raconte : « Toutes mes courses promenades la nuit à travers Paris en 1923-1924 à la recherche d'une prostituée, obsédé par les prostituées, les autres femmes n'existaient pas pour moi, seules les prostituées m'attiraient et m'émerveillaient, je voulais toutes les voir, toutes les connaître et toutes les nuits je recommençais mes promenades solitaires. »

Combien de fois remontera-t-il et redescendra-t-il la rue Saint-Denis à la recherche de plaisirs fugaces ? Comment exprimer ce qui vous habite dans ces moments-là ? Moi aussi, j'avais vingt ans et je me perdais dans ces nuits-là, celles des bars crasseux des bas quartiers de Paris, celles des nuits d'errance à marcher jusqu'à l'aube, dans les rues étroites, à guetter les filles, avec le désir qui vous envahit, puis la mauvaise conscience. Et tout de même, finir par grimper les marches à peine éclairées de l'escalier derrière l'une de ces créatures.

Vingt minutes après, les redescendre, l'esprit encombré d'un sentiment d'échec, de déchéance et de solitude encore plus fort, même si la fille m'avait appelé « mon prince ». Je rêvais de « Belle de jour » et de geishas aux manières raffinées et je me retrouvais à faire l'amour à la va-vite avec un corps absent et un doberman couché au pied du lit. J'en voulais à Marthe Richard d'avoir fermé les derniers lupanars.

Combien de nuits Alberto a-t-il passées sur le plancher miroitant du *Sphinx*, près du cimetière de Montparnasse ? Combien de verres et de cigarettes consumées devant l'alignement des filles demi-nues ? Combien de fois à attendre, le souffle retenu : « Tu montes, chéri ? » Dans ses *Écrits*, il le rapporte, à sa façon : « Plusieurs femmes nues vues au *Sphinx*, étant moi assis au fond de la salle. La distance qui nous séparait (le parquet luisant) et qui me semblait infranchissable malgré mon désir de la traverser m'impressionnait autant que les femmes. »

Quand il apprend que le célèbre établissement du boulevard Edgar-Quinet va fermer ses portes, il abandonne ses activités toutes affaires cessantes, pour être parmi les derniers clients de ce temple. Était-ce lui, Alberto, ou plutôt Picasso, qui disait : « Ce qui me plaît dans les poules, c'est qu'elles ne servent à rien. Elles sont là, c'est tout » ?

Avec Caroline, il en est autrement. Caroline le magnétise. Il est attiré par cette inconnue dont il entr'aperçoit l'âme. Elle est insaisissable. Son mystère le fait rêver. Envoûté, il la suit dans les rues de Paris à la manière d'un détective quelque peu maladroit qui file sa proie, caché derrière un marronnier du boulevard Raspail ou dissimulé derrière les feuilles d'un journal. Caroline l'intrigue, Caroline l'inquiète, Caroline le rend fou. Monter dans une chambre et faire l'amour avec elle ne lui suffit pas. Alberto veut tout connaître, tout savoir d'elle, qu'elle lui raconte ses frasques et ses mystères, cela l'excite.

Est-il dupe de sa nouvelle passion ? À la même époque, on peut lire, dans ses carnets : « Quand on connaît ces petites ruses, beaucoup de choses qui semblaient magiques ne sont plus qu'un jeu. » Pour autant, Alberto ne se lassera pas de Caroline.

À ses yeux, elle n'est pas une femme comme les autres. C'est une femme à risques, et il l'apprécie aussi pour cela. Il sait que son visage d'ange dissimule bien des ombres. Caroline est tellement à l'opposé de celle qu'il a épousée, la sage Annette. Elle en joue, elle ne lui révèle pas tous ses petits secrets, ne parle d'aucun de ses autres hommes d'une demi-heure, ni de ceux qui la protègent, ni de ceux qui la soutiennent. De ceux-là, elle ne dit rien et, aujourd'hui encore, elle reste muette ou bien vague, dessine dans l'air, avec sa cigarette éteinte, des arabesques et enterre ces années-là d'un « C'est vieux tout ça », mémoire défaillante mise en avant. Ce qui l'arrange. Elle lâche « Pffuittt… », puis la candeur de son regard m'encourage à la questionner encore.

Elle poursuit : « On allait à l'hôtel, à Montparnasse, je ne me souviens plus de leurs noms, c'était à côté du bar, on allait à l'hôtel parce qu'on ne me demandait pas de papiers, rien, c'était un peu chez moi… Ah ! l'amour. On faisait l'amour rapidement, mais quel plaisir ! Alberto était drôle, il avait de l'humour, on n'imagine pas ça quand on le voit… » À ce moment, je pense à ce dialogue du film de Jacques Demy, *Une chambre en ville* :

« Alors tu n'es pas une vraie pute ?

– Je ne travaille qu'à mi-temps. »

Le souffle d'un vent sec balaie la terrasse et chasse les oiseaux du citronnier où ils s'étaient perchés ; ils rentrent se nicher dans leur cage. Caroline se racle la gorge, allume une énième cigarette du geste rituel du grand fumeur. Les yeux fermés, elle murmure, je me rapproche d'elle pour mieux l'entendre susurrer et répéter : « Nous nous aimions d'un amour fou. Il m'électrisait, je l'aimais à la folie, comme lui m'aimait à la folie. Il ne cessait de me répéter que j'étais sa déesse, que j'étais sa démesure. » À peine perceptible, mais j'ai bien entendu. Une tourterelle volette dans les taches de soleil, hésite à rejoindre les canaris, puis se met à picorer leurs graines. « C'est son heure. » Tout à coup son visage n'est plus le même, il s'éclaircit. Caroline parle tout bas, et j'ai l'impression qu'elle oublie ma présence. Elle est avec *son* Alberto. « Le jour où il a découvert qu'il était amoureux de moi, je me souviens, oui, il était émerveillé. » Est-ce ce jour-là qu'il lui a proposé de poser pour lui ?

Mains croisées sur le ventre, elle se tient droite, calée dans le fauteuil, ce siège ruiné où habituellement s'installent ses modèles familiers, Diego, son frère, et Annette, sa femme. Face à lui, sur l'assise en rotin, Caroline ne bouge pas, elle ne parle pas non plus. « Je pensais qu'il ne fallait pas le déranger quand il travaillait. Je restais statique le mieux possible. » C'est lui, Alberto, qui discourt. Ce n'est pas un monologue, non, il réfléchit tout haut. « Il rageait : «Je ne m'en sors pas ; c'est effrayant. Il n'y a pas d'espoir ; je n'en sortirai jamais.» » Et quand il se tait, son visage semble parler pour lui, ses traits, toujours mobiles, en disent long et expriment, presque mieux que ses paroles, son éternelle insatisfaction. Certaines de ses grimaces ou certains de ses rictus valent bien des gémissements. Jamais il ne pense parvenir à achever un travail, et ce n'est pas de gaieté de cœur qu'il abandonne une œuvre.

Poser pour Alberto exige de la discipline et des soumissions, il s'agit presque d'une ascèse. Caroline se plie aux règles ou, tout au moins, tente de s'y astreindre. Elle ne vient pas à une heure régulière, ce qui déplaît fortement à Alberto, même s'il connaît ses contraintes à elle. Il lui arrive de ne pas aller au rendez-vous, ce qui, alors, le met en furie. Mais Caroline n'est pas un modèle comme les autres, il la regarde différemment puisqu'il l'aime.

La première fois qu'elle se rend à son atelier, au bout de l'impasse du 46 rue Hippolyte-Maindron, elle n'ose pas penser qu'il vit là, dans ce simple cabanon de bois. Elle frappe au carreau. Alberto ne répond pas, puis elle l'aperçoit dans l'entrebâillement de la porte, attelé à une sculpture.

Ses doigts glissent sur la terre, montent et descendent au long d'une tige de glaise. Elle l'observe sans rien dire, et lui, concentré, ne se rend pas tout suite compte de sa présence. Le lieu désolé, encombré, et l'uniformité des camaïeux de gris la surprennent. Tout est blanc, blanc-gris, gris de poussière, tapissé d'une épaisse couche ouatée. Au sol, dans un coin, un amoncellement de gravats de plâtre, un sommier au tissu rayé, souillé d'éclaboussures blanches, encombré de tableaux retournés, et, contre les murs, des châssis, des toiles et des toiles, en cours ou achevées. Au centre, un tabouret, lui aussi recouvert de plâtre. Dans un coin, une table bancale, ses piles de livres, ses catalogues divers et ses lettres perdues qui ne seront jamais décachetées. Une autre table où s'entassent palettes, tubes de couleurs éventrés, couteaux de peintre et brosses, petits flacons d'essence de térébenthine... Le tout dans un grand désordre, une sorte de chaos. Sur une étagère, le squelette d'un petit oiseau sur son perchoir et un gros réveil, au milieu de bricoles. Il y a aussi des caisses à charbon, des bûches et un petit poêle noir avec son tuyau qui fume tout le temps.

Elle ne remarque qu'après les murs couverts de dessins scarifiés et de graffiti. Et surtout, sous la lumière d'une ampoule nue, des têtes, des personnages en plâtre, de toutes tailles, une forêt de statues qui jaugent le nouveau modèle.

Sans prononcer un mot – elle n'ose pas –, Caroline les observe, ces sculptures. C'est la première fois qu'elle les découvre et qu'elle peut les approcher – sans les toucher : elle n'ose pas, non plus, elles ont l'air si fragiles. Un soir, au restaurant, sur l'épaule d'Alberto, alors qu'il feuilletait une revue où l'on présentait quelques-unes de ses œuvres, elle avait entrevu son travail, mais, face à elles, elle ne s'attendait pas à un tel choc. Comment aurait-elle pu envisager une telle présence ? Au début de leur rencontre, elle ne se sentait pas « concernée ». C'est venu petit à petit.

De cette première confrontation avec son œuvre, Caroline me dit : « Je ne me rappelle pas tous les moments passés avec Alberto, mais là, j'ai été soufflée, je n'imaginais même pas que des sculptures pouvaient s'imposer à ce point ; elles se tenaient debout comme des personnes, elles donnaient l'impression de respirer encore. Oui, elles étaient vivantes, bien vivantes. » Puis elle poursuit, le souffle court : « Quand il m'a vue, il a revêtu d'un chiffon mouillé le bloc de terre glaise brune qu'il travaillait, et son visage s'est tout de suite éclairé d'un sourire. Il n'était que six heures du soir et il avait déjà l'air épuisé. De toute façon, je ne l'ai jamais vu qu'avec ses yeux fatigués. »

Elle s'attend à rencontrer Annette, dont Alberto lui avait parlé, ou Diego, le frère protecteur, l'indispensable assistant. Pour cette première fois, ils ne sont là ni l'un ni l'autre, comme si l'artiste ne voulait pas effrayer son nouveau modèle. A-t-il profité de leur absence, ce soir-là, pour faire entrer discrètement sa nouvelle conquête dans l'atelier ?

Caroline se cloître dans un de ses longs silences, allume une de ses Kool, qui déclenche un premier toussotement, puis, de sa voix rauque : « Oui, il avait l'air de se battre avec son bloc de terre glaise. J'ai compris, après, que chaque œuvre lui posait un problème, il n'était jamais satisfait. Jamais. Et pour lui, rien n'était jamais achevé. » Alberto lui-même l'évoque : « On ne réussit que dans la mesure où l'on échoue. » Sentiment qui rappelle la sentence de son ami Samuel Beckett : « Être artiste, c'est échouer comme nul autre n'ose échouer. »

Caroline se lève pour aller faire bouillir une casserole d'eau, puis réapparaît avec deux tasses décorées d'un blason publicitaire et des sachets de thé qu'elle plonge dans l'eau fumante. « Il m'a installée dans le fauteuil. Et, alors que l'on se connaissait déjà bien, j'ai découvert un autre homme, autoritaire, qui me donnait des ordres – surtout ne pas bouger –, ce qui était nouveau pour moi. Avec lui, je me transformais en objet. »

Elle obéit à l'artiste, le regarde « bien droit dans les yeux », ne le contredit pas, elle est attentive à chacun de ses gestes, chacune de ses paroles. Elle pose, il dessine. « Il disait : le dessin, avant tout, le dessin, c'est la base. »

Pour cette première séance, il saisit une grande feuille de papier et des crayons durs. Le modèle, sans broncher, observe l'artiste à l'œuvre. Ses doigts courent sur le papier, tout en nerfs ; elle n'entend que la mine crisser. Elle aimerait voir ces traits qui, de loin, semblent n'être qu'un fouillis, mais elle n'en a pas le temps. Alberto froisse une première feuille, se reprend, recommence et recommence. Quelque chose de vital est en jeu. Il peste, grimace, bougonne, malgré son aisance, cherche le reflet de l'apparence de son nouveau modèle, l'expression d'une vérité, d'une émotion. Les lignes se croisent, se juxtaposent, s'effacent, jusqu'à se confondre en un même lacis. Faire et refaire. Ainsi va le lent cheminement de l'écriture des signes. Il travaille sans relâche, s'acharne à comprendre, à faire surgir une réponse, coûte que coûte. Les lignes semblent tracées au hasard. Ce qui est le contraire. Il tente pour la énième fois une courbe pour l'œil. Il ponctue ses silences d'infimes plaintes, de petits « hé-hé ». Il poursuit son combat avec l'indicible.

Pour Alberto, les yeux sont le reflet de l'être. Alors, sans se lasser, il reprend et il trace encore toutes ces lignes autour, qui donnent l'expression. Il persévère. En fait, chacun de ses traits, chacun de ses coups de crayon, est précis ; son dessin linéaire, son tissu arachnéen, est une réflexion sur l'art. Pour lui, œuvre signifie impossibilité. Un premier obstacle se dresse, puis un second. « Je le sentais brûlant, et inquiet, il ne cessait de répéter : «Je n'y arriverai pas. Je te vois, je te sens, il y a trop de possibilités, je n'y arrive pas. C'est abominable ! J'en crèverai ! J'en crèverai !» S'il ne l'a pas répété une fois… »

Et ce jour-là, il ne parvient à rien. Il raisonne, s'égare, vagabonde, sans réussir à fixer une réalité, à immobiliser un instant. Je suis tenté de citer ces quelques vers de T.S.

Eliot tirés de *Little Gidding*, qui pourraient résumer la philosophie de Giacometti :

Nous ne cesserons d'explorer
Et la fin de notre exploration
Sera d'arriver à notre point de départ
Et de connaître l'endroit pour la première fois.
Par la porte inconnue, remémorée
Où la dernière parcelle de terre à découvrir
Est ce qui fut le commencement.

La séance dure une bonne heure, pas plus. Quand Caroline découvre une des feuilles, le papier est percé, troué au niveau des yeux. Elle ne se reconnaît pas, mais elle ne s'autorise aucune remarque. « Je ne me serais pas permis quoi que ce soit. Je me contentais d'être une éponge : quand il était anxieux, je le devenais aussi. »

Ce soir-là, Alberto rassemble les quelques dessins, déchire les feuilles en petits morceaux. Elle perçoit de la furie dans son regard. Il ouvre le couvercle du poêle en fonte, les jette dedans. En refermant, il maugrée : « Merde ! Ça commence mal, non ? Allez, lève-toi ! Ça ne sert à rien de poursuivre, je n'y arriverai pas aujourd'hui. Mais on recommencera, on recommencera. Je te le promets. » Elle ne proteste pas. Elle l'entend mâcher sa rage.

« Je ne sais rien faire ! Rien ! Je vais tout foutre en l'air. »

Caroline ressort vidée et un peu déçue de cette première expérience. « Qu'est-ce que j'aurais pu faire ? C'étaient ses dessins, après tout, et il dégageait une telle colère. » Ce n'est que plus tard qu'elle comprend qu'Alberto ne dessine pas vraiment une personne, mais, plutôt, ce qu'il voit, lui.

D'un geste de l'index, il intime à Caroline de remettre son manteau, l'aide ; puis il enfile le sien sur sa veste maculée de plâtre, après s'être passé les mains sous un filet d'eau. Ensemble, ils quittent l'atelier pour rejoindre un de ces bars de nuit où boivent et rient les filles.

Après cette séance de pose inaugurale, elle l'appelle « ma Grisaille », ce qui amuse Alberto. Toute la tendresse contenue dans ce mot le fait fondre, et personne, pas même Annette, n'avait osé l'affubler d'un tel sobriquet.

Combien d'essais et combien d'œuvres achevées suivront ces premiers dessins qui finissent en cendres au fond du poêle ? Elle ne sait pas, fait mine de s'interroger, de fouiller dans sa mémoire : « Oh, des dessins, oui, des dizaines, peut-être plus, et des peintures aussi et quelques sculptures, tout ça. Je ne sais plus très bien, je ne peux me rappeler, aujourd'hui, tout ce qu'il disait au cours de nos séances. Je ne suis pas du genre à noter. Quelle importance après tout, tout ça est si loin maintenant. Je l'admirais. »

Caroline évoque son amour grandissant et son plaisir à le retrouver, chaque fois, *Chez Adrien* ou dans un de ces troquets du XIVe arrondissement. D'un coup, elle éclate : « Il me manque, mon ami, il me manque, mon amour, ma Grisaille. »

Après ce premier échec, Alberto ne convoque pas son modèle dès le lendemain. Caroline patiente, sans poser de questions et sans se douter que cette première tentative allait avoir une suite. Pour elle, tout aurait pu s'arrêter là. Elle aurait été déçue, certes, mais continuer à voir son « amoureux » est plus important que de poser pour un dessin. Une dizaine de jours plus tard, après quelques verres et un dîner dans un bistrot de la rue de Chevreuse, l'artiste la conduit, sans rien lui dire, dans son atelier. Au premier étage, en haut de l'escalier de meunier, une lumière, celle d'Annette qui veille. Cette nuit-là, elle n'est pas descendue.

L'atelier semble plus rangé que la première fois, comme si quelqu'un avait pris soin d'y mettre un peu d'ordre. Plus tard, Caroline apprendra que Diego, seul habilité à le faire, passait, dès qu'Alberto s'absentait, poser des linges mouillés sur les terres en cours.

Cette nuit-là, Alberto demande à son apprenti modèle de se mettre torse nu. Caroline s'exécute.

Montrer ses deux seins fermes ne la gêne pas le moins du monde, d'autant qu'elle n'a jamais eu froid aux yeux et qu'elle n'a plus rien à cacher à celui qui est devenu un amant régulier. Alberto lui parle de sa chair blanche qui illumine ses épaules. Elle qui sait se soumettre aux exigences de ses clients, est prête à tout pour Alberto, pour sa « Grisaille ». Elle se plierait à ses désirs avec d'autant plus d'aise qu'avec un inconnu de passage.

Caroline vit le temps de ces heures de pose nocturnes avec le fantôme d'Annette comme une menace. Concentré sur le tableau qu'il vient d'entreprendre, Alberto ne se soucie guère de l'éventualité d'une irruption de sa femme. Mais peut-être, en secret, la souhaite-t-il. Moins tendu que lors de la première séance, il a placé un nouveau châssis sur le chevalet, et son long et mince pinceau, tenu par l'extrémité, sans hésitation, s'est mis à danser sur la toile. Il construit son bâti et il reprend, une fois encore, un cadre dans le cadre, intensifié par un autre plus étroit.

Il ne cesse de parler et, durant cette tâche qui lui paraît interminable, Caroline, immobile, sans mot dire, à l'écoute de son pygmalion, garde la pose d'un sphinx. Ils se fixent l'un l'autre. Derrière ses expressions graves, Alberto tente de percer son âme. De temps à autre, il lâche : « Tu dois me détester, non ? Avec tout ce que je te fais subir. » Elle ne pouvait le détester. Caroline n'ignore pas que l'artiste cherche à comprendre. Et lui, Alberto, sait qu'il ne doit pas se contenter d'un fragment, d'une suite de détails juxtaposés, l'amorce d'une épaule, le cou effilé, non, il sait qu'il doit réaliser l'ensemble, d'un coup.

Par instants, il donne l'impression de haleter, elle le sent prêt à hurler de rage ou d'anxiété. Il jure. Il parle sans discontinuer, son débit est rapide. Il pense, comme toujours, qu'il n'y a pas d'espoir de réussite. Elle a hâte de découvrir les traits de son visage, qu'elle sait naître dans un enchevêtrement de lignes. Des paroles semblent s'échapper d'entre ses lèvres : « Pourquoi est-ce que j'ai le besoin de peindre des visages ? Maintenant, on se connaît mieux, mais pas encore suffisamment. Je n'y arrive pas. Mais on prendra tout le temps qu'il faut et on y parviendra, peut-être. » Aussi, il fait quelques pas de recul et s'excuse de prendre son temps « pour rien ». Alberto isole son sujet et dégage la figure centrale. Toujours la même méthode : s'obstiner à cadrer et à recadrer, laisser de vastes marges et réduire encore et encore la tête. On songe à quelques tribus indiennes de réducteurs de têtes. Alberto dit : « Je vois petit. »

À force de rétrécissements, la lumière ne se fait que plus violente et éloigne du monde de l'apparence. Giacometti cherche-t-il à se rapprocher de l'icône ? Pourquoi a-t-il demandé à Caroline de se mettre à demi-nue ? Pas plus d'érotisme que de volupté dans ses peintures. Pas de désir, pas de sensualité non plus. Quand il peint, Alberto ignore la chair et le sang. Il a mieux à offrir : il cherche à saisir l'insaisissable. Celle qui pose le sait. De même, Caroline se doute qu'aucun de ses modèles familiers n'est irremplaçable, fût-il elle-même ou Annette. Elle a compris que sa silhouette pouvait rendre des services identiques et finalement produire les mêmes effets de frustration et de difficulté. Pour Alberto, elle était prête à tout et trop heureuse de jouer ce rôle de muse.

Caroline (et encore moins la petite Yvonne) aurait-elle pu s'imaginer un jour être immortalisée par l'un des plus grands artistes du XXe siècle ? À la simple prononciation du mot « immortalisée », le sourire de la vieille dame qui se tient devant moi, dans sa chemise de soie impeccable, regardant le jeu des oiseaux autour de leur cage, se ravive, puis s'éteint, comme si elle ne croyait pas à tout ça, comme si elle plaçait son vécu avant l'art. Y a-t-elle seulement cru sur le moment ? À sa manière, oui. La petite dame aux cheveux tirés, avec ses faux airs de Martha Graham, ressasse : « C'était un monsieur ex-tra-or-di-nai-re », et dans sa bouche, ce « monsieur » signifie le respect qu'elle doit à quelqu'un qui l'a aidée à grandir. Ce n'est qu'après, bien des années après, maintenant peut-être, qu'elle réalise que ces moments d'hésitation, d'espoirs crispés, passés dans le désordre de l'atelier, ces moments quotidiens, étaient sa félicité. Elle me dit : « C'était le Bonheur avec un B majuscule, je me tenais assise dans mon fauteuil, nous étions tous les deux enfermés dans l'atelier, sous la lampe, dehors il faisait nuit et c'était le Bonheur, Alberto me faisait rayonner. »

Giacometti avait compris que vouloir garder Caroline non loin de lui, puisque Annette restait dans sa vie, était au prix de céder à ses caprices. Tous ses caprices. Difficile, quand le premier d'entre eux se nomme liberté. Comme ces oiseaux qui s'ébrouent sous nos yeux, autour de leur cage, une aile dedans, une aile dehors. L'artiste savait ce que le mot « liberté » signifie, même si, pour Caroline, il ne recouvrait pas tout à fait la même acception. « Liberté, liberté complète, et uniquement ce qui m'attire, ce qui me plaît, dans tous les domaines [...] », écrit Giacometti en 1934. Ne pas perdre son nouvel amour, sa passion, donc.

Un jour de froid vif, peut-être était-ce au mois de mars, dans un des derniers soubresauts de l'hiver, Caroline débarque au 46 de la rue Hippolyte-Maindron, au volant d'une de ces grosses voitures américaines à ailerons. Et l'incident, prévisible, se produit cet après-midi-là, quand claque la lourde portière de la Chevrolet Impala. Diego sort de l'atelier et croise le nouveau modèle de son frère. Il l'évite, sans lui tenir la porte en bois du passage qui mène à l'atelier, et sans la saluer. Lui qui, depuis toujours, partage tout avec son frère, lui qui le connaît mieux que quiconque et supporte tout de lui, avait repéré son petit manège autour d'Alberto et les séances qui s'allongeaient de plus en plus. Il avait tout de suite reconnu en elle une fille de bar et, depuis qu'Alberto l'amenait le soir à l'atelier, il l'évitait et il préférait s'effacer.

La deviner prendre la pose à la place d'Annette ou, pire, à la sienne le dérangeait. Il trouvait étrange et insupportable de voir la personne qu'il vénérait le plus s'enticher d'une « pauvre fille ». Autant Annette est simple dans ses tenues, avec ses petites jupes, ses socquettes, ses chemisiers blancs et ses chaussures plates, autant l'autre fait dans le genre tapageur, avec ses toilettes soignées, ses fourrures et ses hauts talons vernis. Il la trouvait inconvenante et déplacée, presque vulgaire, à son goût. Même si, de la première, Diego dit qu'« elle n'était même pas bonne à balayer la cour ». Il la supporte sans l'aimer, puisqu'il n'aime pas les femmes de son frère. Mais aime-t-il vraiment les femmes ?

Longtemps, sa relation quotidienne se résuma à partager, en la compagnie du couple, les repas à la brasserie du coin de la rue, *Les Tamaris*, puis, avec le temps, il finira par adopter sa belle-sœur Annette. Et, de toute façon, comment peut-il résister à son frère ? Comment peut-il lui dire non ? Mais, là, la fille à la grosse américaine, c'en est trop. Lui qui, en silence, sait tout endurer, lui qui sait chasser de l'atelier les importuns, quand les admirateurs se font trop insistants, est, cette fois, désemparé. Comment une jeune femme peut-elle s'offrir une telle voiture ? Diego, le bon Diego, n'est pas dupe : il sait sans savoir, il se doute.

Dès le début, il estime que le ver est dans le fruit. Il n'a pas tout à fait tort. Un jour, Alberto est attelé à une statuette, mains plongées dans le plâtre et les fils de l'étoupe, quand on tambourine à la porte de l'atelier. Apparaissent deux hommes, suivis de Caroline qui se tient deux pas en arrière. Sans abandonner son plâtre, Alberto comprend tout de suite ce qu'ils cherchent : « Vous pouvez tout casser, si ça vous amuse. » Lui qui a en horreur les banques, planque tout ce qu'il gagne, et il gagne beaucoup, sous son lit, là où un apprenti cambrioleur irait tout de suite jeter un œil. Caroline n'ignorait pas qu'Alberto ne comptait pas et se moquait pas mal de savoir combien il possédait, à la condition qu'il pût continuer à fréquenter les bars de nuit et à dépenser son argent comme il l'entendait. Et, aussi, à voir, et à payer Caroline.

Les deux gaillards réclament une forte somme à Alberto. « Je ne me souviens plus du montant, mais c'était une belle somme. Je ne lui ai demandé que de l'argent, un peu d'argent, enfin, tout ce qu'il possédait ce jour-là », s'amuse Caroline. Les deux intrus repartent avec liasses de billets et lingots. Une autre fois, Alberto retrouve son atelier sens dessus dessous, des plâtres à terre, brisés. « Peu importe, ils n'étaient pas bons », se console-t-il.

Face à toutes ces rapines, Diego est furieux. Alberto le calme et tente d'arranger les choses. Et Diego, le fidèle des fidèles, se plie à ses exigences. Que ne ferait-il pas pour son frère aîné ? Un jour, alors qu'un Américain le croise rue Hippolyte-Maindron et le prend pour Alberto, il répond : « Non, moi je vais à l'atelier ; lui, il est au café de l'angle. »

C'est lui, Diego, qui modèle, lui qui martèle, lui qui scelle. Diego assure les préparations, façonne les armatures des futures sculptures avec des cordes à piano. Et il réalise les finitions, jusqu'à la patine des bronzes. Il est l'assistant, l'indispensable et l'indissociable aide. Comment imaginer Alberto sans Diego ? Et, surtout, Diego sans Alberto ? Chacun a trouvé sa place et chacun connaît son rôle.

Depuis leurs premières batailles de boules de neige, ils forment un duo, et ils en ont conscience. Complices, ils ne se quittent pas, ils ne se sont jamais quittés. Pas de guerre fratricide, pas de lutte, pas d'adversité, ce sont deux frères unis. Diego perdait son temps dans une école de commerce à Saint-Gall, en Suisse. Leur mère, Annetta, avait bien compris, en envoyant Diego rejoindre son frère à Paris, en 1926, qu'inséparables ils s'épauleraient. Elle savait que le calme et la sagesse de l'un tempéreraient les tumultes et l'anxiété de l'autre. Ils travaillent ensemble, l'un pour l'autre, l'un avec l'autre, l'un avant l'autre, l'un après l'autre. Diego, le cadet d'un an, suit à la lettre les paroles de son frère. À Diego toutes les tâches préparatoires. Il n'y a pas de tâches inférieures en art. D'ailleurs, Diego est le seul à pouvoir convaincre son frère de prendre la décision finale d'arrêter une sculpture, et n'hésite pas à arracher un plâtre de sa sellette et à l'emporter à la fonderie.

Éblouie par un rayon de soleil, Caroline semble ailleurs, dans le vague, lorsque la sonnerie du téléphone, une de ces irritantes harmonies à trois tons, faibles d'abord et qui grandissent peu à peu, la tire de sa torpeur. Elle oscille la tête d'un vague mouvement de balancier, comme si elle battait la mesure, et laisse passer les premiers accords, avant de lâcher, agacée :

« Il ne me foutra jamais la paix.

– Vous ne répondez pas au téléphone ? »

Elle esquisse une moue, tapote la table du plat de sa main droite, ignorant les rafales de notes.

Je me demande de qui elle peut bien parler et me reviennent ses premiers mots prononcés à mon arrivée : « Il me maltraite. » J'ai l'impression qu'elle subit des pressions. J'hésite à lui demander de qui il s'agit. Elle a tellement l'air, comment dire ? en dehors… hors de tout cela. Elle balaie la table en plastique de sa main, comme si elle ramassait des miettes, et, d'un coup, elle se libère d'un souffle : « Ici, je ne suis plus chez moi, je suis chez quelqu'un, et c'est l'horreur, je vis dans la terreur. » Hésitant, je finis par lui demander :

« Il vous bat ? »

Elle se replie sur sa chaise et murmure d'une voix voilée :

« Il est toujours en train de me reprendre. Je ne fais rien de bien. J'ai renversé sa bouteille. Je n'avais pas vu qu'il restait encore un peu d'alcool, alors il m'a déversé ses grossièretés habituelles. »

Elle marque un silence, puis elle poursuit :

« Et ça, c'est l'horreur. Et ce soir, il va rentrer tout pantelant et ça va recommencer.

– D'où sort-il ? »

Elle cherche son souffle.

« Je le connaissais, enfin je croyais le connaître, depuis longtemps ! À l'époque, je ne savais pas qu'il était aussi fauché que moi, d'ailleurs. »

Elle sort un petit mouchoir de la manche de sa blouse en soie, d'un seul mouvement s'essuie le nez, répète :

« Fauchman. Je suis fauchman. C'est difficile de se débrouiller seule et d'assurer une partie de son loyer. »

Ses yeux se plissent.

« Vous savez, je n'ai rien. Pas grand-chose, presque une aumône, et je n'aime pas ça, tendre la main. »

Je ne peux m'empêcher de jeter un œil autour de moi : un intérieur des plus sommaires. La crudité de la lumière du dehors inonde la pièce et met en évidence une chaise, une table basse, le lit-cage replié, adossé au mur. Je me dis que l'ombre a ses qualités et que, passé un certain âge, il doit être difficile de se résoudre à trois fois rien, quand on a eu une vie facile. Mais celle de Caroline a dû, à plusieurs reprises, passer de l'ombre à la lumière. Elle se résout à me confier, d'un air las, l'arc de ses sourcils froncé, comme une évidence : « Je suis dans une mauvaise passe. » Dans le fond, elle n'a pas à me donner d'explications, on ne se connaît pas.

Au mur, son portrait, un tableau accroché de travers. Je me lève pour l'étudier de plus près. Elle me suit, à petits pas, donne l'impression de piétiner. Nous examinons la toile sans cadre suspendue à un crochet X apparent : une peinture lisse, traitée dans un esprit classique, mi-surréaliste mi-fantastique. Une belle femme, coiffée d'un chignon couture, vêtue d'un cardigan, pose, un corbeau sur l'épaule. Caroline, de profil, l'oiseau aux ailes vernissées de face. C'est autant le portrait de l'un que de l'autre. Je n'ai pas reconnu Caroline du premier coup. Pourtant, si l'on y prête attention, elle est tout à fait identifiable. Elle remarque les allers et retours de mon regard entre la toile et son visage. Elle se résigne à me faire un clin d'œil imperceptible :

« Vous étiez une très jolie femme.

– Vous savez, la beauté... » Elle hausse les épaules.

« La vieillesse fait des ravages. Il faut faire avec, mais c'est insupportable. Il y a la mort au bout, c'est bien la seule justice, d'ailleurs. »

L'huile est signée, en bas, à droite, d'une écriture franche : Marembert[1].

Sans autre commentaire, nous sommes retournés nous asseoir sur les sièges en plastique de la terrasse. Autour de nous, les oiseaux voltigent.

« Oh, on n'a jamais beaucoup parlé de Marembert.

– Vous avez vécu avec lui ? »

Elle me sourit, sans répondre, avec cette facilité qu'ont les gens âgés à s'abstraire. Comme

1. Jean Marembert (1904-1968) : artiste peintre néo-surréaliste qui exposait après-guerre avec Leonor Fini, Lucien Coutaud et Félix Labisse.

souvent, le sourire les protège. Elle sait cela. Puis, à force de silence, elle lâche :

« Le corbeau, c'était mon corbeau, oui, mon corbeau. J'en ai eu deux, il y a eu Becco, que j'avais attrapé en Normandie ; celui-ci, je l'avais appelé Black. Nous vivions rue du Cherche-Midi. Oh, ça n'a pas duré très longtemps, c'était après Alberto… On n'a jamais beaucoup parlé de lui, mais c'était un monsieur très gentil. Il est parti, lui aussi, peu de temps après mon Alberto. Un temps, j'ai eu une douzaine de crapauds. J'ai toujours été attirée par les animaux un peu bizarres. Alberto n'appréciait pas trop. Il disait qu'ils sentaient mauvais. Mais je crois que ça l'amusait quand même. »

Les sirènes d'une voiture de police finissent de couvrir sa voix. Le soleil est passé de l'autre côté des immeubles et maintenant des ombres courent sur son visage et accentuent le parchemin de sa peau. Elle murmure, j'entends à peine le timbre un peu enroué de sa voix : « Là je dépéris… La vie ne vaut plus la peine d'être vécue. J'ai envie de fuir. »

Des nuages, petites touffes de vapeur, dentellent le ciel. Caroline se tasse sur elle-même, et sa tête semble rétrécir comme celle d'une sculpture d'Alberto. Un éclat dans ses yeux, l'espace d'une petite seconde, et l'espoir s'amincit, la lueur disparaît.

« Aujourd'hui, je me sens seule. Étrangement seule. » Je suis surpris qu'elle se découvre ainsi, à un inconnu. Elle bâille, s'en excuse, puis rallume une cigarette mentholée. « Vous savez, la nuit, je ne dors plus. » Pendant qu'elle parlait, les canaris se sont mis à tourner autour de nous, battant des ailes, comme s'ils étaient prisonniers de l'air.

Elle se lève, se dirige dans un coin de la terrasse, puis revient, installe un sachet de graines dans les branches du citronnier. « Voilà, ils nous ficheront la paix. » Elle reprend son siège et baisse la tête, ratatinée sur elle-même. Elle ignore ma présence.

Au bout d'un moment, un sentiment de malaise me saisit. Alors que j'allais prendre congé, elle m'attrape le bras : « Non, non, restez. Je vais vous préparer un petit quelque chose, vous devez avoir faim ; moi, je ne me nourris plus. » Je décide de l'entraîner dans un restaurant, celui où, au départ, elle m'avait fixé rendez-vous, le *Cocodile*, une brasserie connue de la promenade des Anglais. Elle me demande une minute et réapparaît, un châle sur les épaules, le visage poudré, un mince trait de rouge passé sur ses lèvres. Un halo de parfum l'entoure. Je crois reconnaître « L'Heure bleue ». Pour elle, c'est une sortie. Caroline me précède et c'est elle qui appuie sur le bouton de l'ascenseur grillagé. Dans la lente descente, je lis un voile d'inquiétude sur son visage qu'éclaire la faible ampoule du plafonnier. La lumière vacille. Arrivés dans le hall, des boîtes aux lettres alignent des noms à consonances italiennes ou corses. Je lui fais remarquer que le sien n'y figure pas. Elle me répond d'une voix sèche : « Je ne suis plus chez moi. » Dans la rue, elle chausse des lunettes noires qui lui mangent son menu visage.

De l'autre côté de l'avenue, la mer bleue aux reflets argentés. Caroline et moi nous engageons sur la promenade, à contre-courant des touristes qui longent la mer. Ils avancent par petites grappes et nous nous heurtons à eux. Elle marche avec difficulté et s'accroche à mon bras. À chaque pas, je sens ses traits se crisper.

« Ce n'est plus très loin, mes jambes ne me portent plus. »

Elle me prie de porter son vieux sac Hermès en cuir rouge, alors j'ai vraiment l'impression de sortir une lointaine parente. Palmiers et voitures étincelantes sous le soleil. Dans l'air flotte un mélange d'ambre solaire. À la brasserie, un garçon, qui s'éponge le front d'un revers de manche, nous désigne une table coincée près du bar, en bordure de la terrasse. Autour de nous, des familles, des couples, des militaires et un nouveau-né qui hurle dans une poussette à roulettes.

La salle dégage le brouhaha de l'heure des coups de feu. Je sais que nous n'allons pas nous entendre. Caroline se penche vers moi, son visage, dans la lumière dorée, paraît plus marqué que tout à l'heure. Et, à voix basse, elle me confie : « Vous savez, je fais de drôles de rêves. » Je m'étonne et me rapproche d'elle, pour mieux l'écouter. Elle prend un air coquin. « Oui, dans mon rêve, je suis avec Alberto dans une chambre d'hôtel. Il est assis dans un coin, et il me regarde faire l'amour avec un autre homme. Ça ne me gêne pas. Il ne dit rien, juste assis à nous regarder faire l'amour... Ça ne me gêne pas. »

À ce moment arrive le garçon, qui lui coupe la parole et dépose nos grillades, un verre de bière pour moi et un américano pour Caroline. Quel est cet homme dans un lit avec Caroline ? Un de ses clients ? Un amant de passage ? Je pense avoir compris qu'elle a fait table rase d'une bonne partie de son passé, mais j'aimerais qu'elle me parle encore d'Alberto et de ce rêve. Elle doit en faire d'autres, des rêves, ou plutôt des cauchemars, avec ses souvenirs d'enfant battue, ses fugues et ses disparitions. Elle n'en parlera pas, elle n'en dira pas plus. Cela ne sert à rien d'insister, Caroline est déjà ailleurs, comme quelqu'un au premier jour de ses congés. L'américano, quelques bouchées de viande piquées du bout de la fourchette et des frites mangées avec les doigts.

Comme une paisible retraitée, elle contemple la mer qui apparaît par intermittence de l'autre côté de la route, entre les voitures et les passants.

Haut dans le ciel, le vent caresse les branches des palmiers, sentiment de vacances et d'éternité. Quand le garçon a apporté l'addition, elle s'était presque endormie contre mon épaule. J'ai pensé que le mélange d'alcool et de médicaments qu'elle prend ne doit pas faire bon ménage. Avant de se lever, elle sort de son sac à main un bâton de rouge et, d'un automatique coup de badigeon, met en valeur ses lèvres trop fines.

Au retour, Caroline et moi nous laissons glisser dans le flot des promeneurs. Je la sens à bout, prête à trébucher à chaque pas. Caroline à mon bras, j'éprouve une curieuse impression. Des gens âgés flânent, souvent accompagnés de quelqu'un de plus jeune qui les soutient et les aide à avancer. Je me dis que l'attelage que nous formons ne doit pas dépareiller. Nous reprenons la petite rue perpendiculaire à la mer et nous nous engouffrons dans le hall de l'immeuble recouvert de mosaïques irrégulières. Elle me demande de l'accompagner jusqu'à chez elle. Elle insiste.

« J'ai peur qu'il soit là. S'il est arrivé, vous vous éclipserez. Je ne lui ai pas parlé de vous, il n'aimerait pas que je vous voie. »

J'approuve d'un mouvement de tête. En lui retenant la porte grillagée de l'ascenseur, j'hésite à la suivre et m'engage à mon tour. Je ne sais pourquoi, lors de la montée, je crains une panne. Les câbles crissent ; sous l'éclairage jaune, Caroline, frêle et pâle, son teint friable. Sa bouche rouge comme un excès tremble. Quand nous arrivons au sixième étage, je ne peux contenir un soupir de soulagement. Je n'étais pas rassuré quand Caroline a poussé la porte de l'appartement. Elle a dû lire de la crainte dans mes yeux.

« Ne vous inquiétez pas : si Tonino n'est pas là à deux heures, c'est qu'il est parti pour la journée. Il travaille, enfin si l'on peut dire, et il revient tard. Pendant ce temps-là, il me fout la paix. »

Je dois avouer que je prends son absence pour une menace. Il ne me laisse pas l'esprit en repos. Je le sens prêt à débarquer à tout moment un revolver à la main. Elle propose que nous nous réinstallions sur la terrasse, où les oiseaux ont disparu. Nous reprenons nos places. Le soleil a déjà tourné et le toit d'un immeuble voisin renvoie des ombres géométriques sur le dallage. Profitant de l'absence des canaris, la tourterelle aux ailes gris et rose se pose dans la cage pour y picorer. Caroline l'observe, apaisée, malgré la fêlure de sa détresse. C'est elle qui reparle de l'homme qui partage son appartement.

« Je lui ai acheté une «machine» pour aller bosser. Il fait des travaux chez les gens. Il me coûte déjà une petite fortune, et je n'ai plus rien. »

Je me suis souvenu qu'en italien *macchina* désigne une voiture. Et Caroline a une passion pour les belles autos.

Une nuit, elle passe de longues heures sous l'ampoule électrique et Alberto ressort vidé de la séance de pose : la figure maintes et maintes fois retravaillée demeure encore une énigme, à force de traits et de lignes creusées. Alors qu'Alberto et son modèle marchent sous les catalpas du boulevard Edgar-Quinet, il lui demande ce qui lui ferait plaisir, pour la remercier de sa patience, même s'il reste persuadé qu'une fois encore « ça n'a pas fonctionné ». Elle se plante devant lui, les bras grands ouverts et, sans hésitation : « Une Ferrari rouge ». La soirée est avancée, l'artiste a faim, il ne s'étonne pas vraiment de sa réponse et s'en sort par un « On verra… ». Ils continuent leur marche jusqu'au *Caméléon*, un petit restaurant proche du boulevard Montparnasse, ouvert tard. Et pendant le repas, elle ne cesse de parler de son bolide, de sa vitesse, du bruit de son moteur, de sa puissance, de sa ligne et de son rouge italien.

Comment lui résister ? Elle vient d'avoir vingt ans, son enthousiasme et sa gaieté l'enchantent. Les jours qui suivent, Caroline continue d'évoquer sa Ferrari, et des promesses de voyage en Italie, de balades en forêt. Il finira par céder, mais elle se contentera d'une MG cabriolet. Rouge.

Alberto l'a lui-même accompagnée dans un grand entrepôt de banlieue, du côté de Levallois, là où la ville s'agrandit le long des quais de la Seine. Le couple a tout d'abord jaugé la bête de fer, assoupie dans l'ombre du garage puis, sous le soleil d'avril, rutilante et prête à bondir. Le vendeur, un de ces types gominés au verbe onctueux, en fait l'éloge et la démonstration. Il soulève le capot, fait ronronner le moteur, vante le cuir noir et le confort des sièges. Mais est-ce bien nécessaire ? Convaincu par le sourire de Caroline, Alberto ne tergiverse pas. Il sort de la poche intérieure de sa gabardine une épaisse enveloppe contenant une liasse de billets qu'il tend au vendeur, qui n'en revient pas. Caroline, un foulard imprimé autour de la tête, joyeuse et excitée, colle une main sur le volant de bois, l'autre sur le levier de vitesse, pied gauche au plancher, prête à partir à l'assaut des villes et des campagnes. Ce qui amuse Alberto, de bonne humeur, lui aussi, étourdi par le vent. Chaque virage est une menace, les pneus crissent, peu importe, Alberto exulte, subjugué par le vertige de la vitesse.

Ce jour-là, après-midi de grand soleil, ils suivent les berges de la Seine et déjeunent dans une sorte d'auberge rustique, à la façade en colombages, près de Boulogne. Comme aujourd'hui, elle commande un américano.

« Je me souviens très bien de ce moment, Alberto était si heureux de me faire plaisir. Il avait l'air si vivant… Oui, vivant… » Elle sourit. « Il me posait des questions sur la mécanique, je ne sais pas si ça l'intéressait, mais, moi, je n'y connaissais vraiment rien! »

Il y a d'autres expéditions. Parfois, quand elle arrive à l'atelier, alors qu'elle s'apprête à une séance de pose, il la supplie : « Emmène-moi faire un tour dans la forêt, je veux voir les feuilles. » Elle n'hésite pas. À bord de la voiture de sport rouge, ils descendent le boulevard Montparnasse, prennent le boulevard des Invalides, traversent l'Esplanade, longent la Seine et roulent jusqu'au bois de Meudon. Une excursion comme une trêve. Le couple emprunte des routes perdues, se grise de pointes de vitesse. Puis, dans une allée, sous les futaies, Caroline et Alberto restent un moment dans le cabriolet, amoureux cachés et enlacés. La lumière d'un rayon de printemps perce le sous-bois et approfondit le silence. Ils se laissent envahir par le calme. Alberto descend de l'auto, fait le tour de la petite MG.

Quelques pas dans les feuilles sèches, tête levée vers le ciel, il observe les arbres. La ramure irrégulière d'un chêne, la courbure aisée de son tronc, le bistre d'une écorce, la légèreté des tiges d'un frêne qui montent à l'assaut de la lumière, des rameaux qui fléchissent, des branches qui sortent du tronc d'un hêtre, les festons noueux d'une racine… À quoi pense-t-il? À ses racines à lui, à Stampa, aux montagnes suisses, à sa mère Annetta.

Caroline, impassible, l'attend dans la voiture, puis ils repartent en empruntant le chemin inverse. Parfois, au retour, ils déjeunent à la *Brasserie lorraine*, place des Ternes. Des huîtres, du vin blanc. Et, très vite, ils retrouvent Montparnasse, leur centre de gravité. « C'était comme s'il avait vingt ans. Mon Alberto en avait soixante, mais quelle importance. Je crois qu'à ces moments-là il était heureux. Moi, je l'étais. »

J'ai envie que Caroline poursuive, mais, d'un coup, elle oscille la tête de gauche à droite et coupe net son récit : « Tout ça, ce sont des souvenirs d'autrefois, je ne devrais pas, il y a longtemps, si longtemps. Ma Grisaille… » Son regard s'immobilise, s'éteint. Ce qu'elle sait, dans ses silences, c'est qu'ils demeurent ensemble et qu'elle le rejoindra dans l'inévitable.

Son attitude me met mal à l'aise. Je suis embarrassé d'être si curieux et de la contraindre à plonger dans le passé. À tout instant, je crains qu'elle ne flanche. Mais elle se reprend, réapparaît, me gratifie d'un sourire. Alors d'autres images arrivent et flottent, suspendues.

Comme souvent, Caroline disparaît. Alberto n'a plus de nouvelles, ce qui le rend irascible. Il en a certes l'habitude, mais il ne s'y fait pas. Cette fois, une quinzaine de jours sans elle s'est écoulée. Quinze jours de trop. Un de ses portraits en cours a rejoint d'autres toiles rangées les unes contre les autres.

Il n'a pu se résoudre à placer celle-ci dos au mur. Caroline s'y tient droite, elle l'estime, à la manière d'une de ces statues égyptiennes que vénère l'artiste. Mais qui peut fixer le soleil droit dans les yeux ?

Le portrait est inachevé, son buste se dresse, roide. Alberto n'a pas encore saisi le petit éclat de ses prunelles, les trois premières séances n'ont pas suffi. Son buste occupe toute la hauteur de la toile, et, peut-être plus qu'à l'accoutumée, la tête se retire vers le fond. Cette tête, qu'Alberto désignait comme un « noyau de violence ». Ses yeux sont constitués d'un certain nombre de recouvrements, petits traits secs et verticaux. Les yeux demeurent l'élément central, d'ailleurs le corps est éthéré, presque sans peinture. Mais que signifie achevé ou inachevé chez Giacometti ?

Ici, une fois encore, tout converge vers la tête, le regard, plus précisément. Et le corps paraît trop grand, presque en disproportion. On pense à la distance qui inverse les signes habituels. Quand Alberto se tenait face aux filles du *Sphinx* ? Le portrait de Caroline s'affirme dans un espace gris à dominante de limon argent avec, par endroits, une très légère note de rouge ou de bleu pâle.

Caroline disparue, Alberto passe ses soirs à guetter son retour, une nouvelle fois encore, *Chez Adrien.* Attendre qu'elle surgisse de nulle part, attendre qu'elle arrive et dise de son air étonné : « Ah, vous êtes là ? Vous m'attendiez ! » Elle le rejoint, comme si de rien n'était, sur la banquette de moleskine rouge. Il la toise, sans être las, son visage s'éclaire d'un sourire doux et il délaisse le dessin d'une statuette qu'il griffonnait au Bic sur la couverture d'une revue. Aucun reproche, juste la joie de la retrouver.

Ils commandent du champagne Moët & Chandon, une autre bouteille encore. Il faut bien ça : Caroline lui apprend qu'elle vient de se marier. Il la questionne, sans agressivité et sans commentaire particulier. Elle lui montre une photo qu'elle sort de son sac à main. Il s'agit d'un certain Restif, il a près de quatre-vingts ans et plutôt une drôle d'allure avec ses feutres à larges bords et ses costumes croisés.

Alberto a bien une idée sur le monsieur en question, mais, comme à son habitude, il reste discret. Alberto lui baise délicatement la main, s'assure qu'ils pourront encore se voir, qu'elle viendra poser à l'atelier de longues heures. Et qu'ainsi il l'aura à lui seul, qu'il la possédera, à sa manière. Lui avec Annette, Caroline avec son mari, cela n'empêche pas qu'ils poursuivent leur aventure. Qui peut les arrêter ? Ils savent qu'ils s'aiment, ils savent pourquoi, aussi. Et qu'importe si Caroline appelle son nouveau mari « *Daddish* ».

Le souffle court, Caroline soupire : « Alberto, c'était une espèce d'attachement, je ne pouvais rompre avec lui. Et *Daddish* comprenait. »

Le rythme des séances de pose reprend, deux fois par semaine, parfois trois. Et toujours la nuit. Alberto ne reprend pas le tableau abandonné, qu'il a finalement baptisé *Caroline en larmes.* Mais n'était-ce pas lui, Alberto, qui pleurait son amour évaporé ? Comme souvent, le modèle trouve que son portrait pourrait avoir meilleur aspect. Mais elle n'est pas la meilleure juge. Elle sait, après tout, qu'il n'y a qu'un seul juge, le peintre lui-même. D'ailleurs, ils n'en parlent pas. Elle se contente de faire ce que dit Alberto, tenir la position, essayer de retrouver celle de la précédente séance, et elle s'amuse à deviner ce qui naît sous ses pinceaux en fonction des couleurs qu'il utilise, même si la palette se limite à un camaïeu de gris.

Ces derniers temps, elle remarque qu'Alberto privilégie des blancs de titane et des noirs. Sa main arrive à tenir, à la fois, jusqu'à huit pinceaux de petite taille, pour la plupart très fins, et un plus gros pour les cernes noirs. Elle écoute, stoïque, ses criailleries, ses plaintes, longs monologues entrecoupés de « merde, merde ». Il regrette de ne pas assez dessiner : « Le dessin, le dessin, c'est la base de tout. » Un rehaut trop dense, un modelé trop ombré, et le menton de Caroline se dérobe : « Ça ne marche pas. » Un geste brusque et il enlève la toile du chevalet. Elle l'entend marmonner et comprend que son portrait n'est pas fini. Non, certainement pas, un éclair de furie traverse son regard. « Je dois réussir cette tête. »

Parfois, après avoir posé des heures, elle a l'impression que tout cela n'a servi à rien. Elle est désolée pour lui. Elle a pourtant vu, elle, Caroline, que son portrait a bien tourné. Ce n'est pas l'avis d'Alberto, il faudra revenir et recommencer. Elle sait que le lendemain il doit attaquer un portrait d'Annette et qu'aussi dort, cachée sous ses chiffons, une glaise de Diego. Ils attendront.

Certains soirs, Alberto, épuisé, l'emmène seulement dîner : le récit des journées de Caroline le passionne, il veut tout savoir, chacune de ses rencontres, chacun de ses gestes. Tout. Comment elle s'y prend avec son client qu'elle surnomme « Big » ou encore avec cet autre qui, une nuit, l'a menacée d'une arme. J'ai envie qu'elle me raconte, à moi aussi, comme elle le faisait avec Alberto. Elle hésite à se confier. Je l'encourage. Elle renâcle, se retranche, se mure.

Dans la journée, il y a désormais le retour d'une vieille connaissance, Isaku Yanaihara*[2], un Japonais, professeur de philosophie, qui enseigne à la Sorbonne. Il arrive qu'il les rejoigne *Chez Adrien*. Pour un Japonais, ce genre d'établissement est exotique. Happé par la vie parisienne,

2. Isaku Yanaihara (1918-1989) : professeur, philosophe japonais et traducteur d'Albert Camus.

il avait déjà fait plusieurs longs séjours dans le Paris de l'après-guerre de Sartre et de Camus, loin de son île de Honshu. N'est-il pas le traducteur en japonais de *L'Étranger* ? Et c'est, d'ailleurs, Jean-Paul Sartre qui lui fit rencontrer l'artiste. Yanaihara et Alberto mirent du temps à nouer une amitié, mais, au fil de leurs rencontres, les deux hommes se plaisent et finissent par se trouver. Ils partagent de longues conversations et des soirées en compagnie d'Annette et d'autres amis. Le peintre réussit même à convaincre leur nouvel ami de rester à Paris, afin d'achever son portrait, alors que sa famille l'attend à l'autre bout du monde. Le philosophe restera deux mois de plus que prévu. Il est vrai qu'Alberto sort un argument immodeste et imparable : « Philippe IV d'Espagne n'a pas rendu de plus grand service à son pays et à l'humanité qu'en posant pour Vélasquez. » Il achève de le persuader en lui disant qu'il attend une réciprocité d'affection et de participation.

Alberto a besoin d'être en empathie avec son modèle et de bien le connaître. La fascination se doit d'être réciproque. Caroline en témoigne. Le faciès d'Isaku Yanaihara le captive. Comment décrypter l'insaisissable Japonais ? Que cache-t-il derrière le masque de son visage ? Sa plastique, avec ses hautes pommettes, évoque aux yeux de Giacometti une de ces têtes de la sculpture égyptienne qu'il aimait copier quand, à vingt ans, il fréquentait les salles antiques du Louvre. Il y a notamment celle d'Aménophis IV et son aspect marmoréen. Celle-là ou une autre. Avec le visage d'une autre race, Alberto se heurte à la part indicible de l'être humain. Alberto s'acharne et s'obstine face au visage clos et lisse de l'Asiatique. Une expérience nouvelle, vécue comme un obstacle. Et, comme à son habitude, il s'y engage tout entier, y met toute son énergie, submergé par le doute et le désarroi.

Les deux hommes ne se quittent plus ; Isaku Yanaihara s'installe dans la vie d'Alberto. Ils partagent tout, ou presque. Et il s'est même rapproché d'Annette, réussissant à l'amuser et à lui enseigner les rudiments de la langue japonaise. Elle, elle lui apprend à se tenir à table avec une fourchette et un couteau. Pas seulement. Il ne demeure pas non plus insensible à ses charmes. La pauvre Annette mérite bien de se distraire, après tout, elle aussi. Alberto s'en doute et s'en moque. Il tolère. Et lui, ne s'évade-t-il donc pas avec Caroline ? Il lui a tout promis, elle a tout eu, jusqu'à cette voiture de sport rouge. Mais est-ce suffisant pour une femme ?

« Oui, j'ai désiré un enfant d'Alberto. » Caroline rallume une Kool au menthol, qui prolonge élégamment sa main. Elle se racle la gorge, puis reprend, tête baissée : « Hélas, Alberto ne pouvait pas. On a bien insisté, je l'ai même envoyé consulter des spécialistes... Rien n'y pouvait. » La vieille dame écrase son mégot, ne peut se retenir de tordre ses doigts et de se mordre la lèvre, comme si ce chagrin n'était pas éteint. « Je l'ai aimé, cet homme-là. Et il m'occupe toujours... J'étais prête à tout pour lui. »

Une nuit, une fois installée dans la vie d'Alberto, elle que rien n'effraie n'hésite pas à escalader le toit de l'atelier et à entrer par effraction dans la chambre d'Annette et à se planter devant elle endormie pour la provoquer. Les deux femmes s'injurient et en viennent presque aux mains. Le lendemain, Annette raconte tout à Alberto. « Et si elle était tombée ? s'inquiète faussement Annette. – Je l'aurais rattrapée », répond Alberto. Annette veut Alberto tout à elle. « Ce n'est pas possible. Si je ne vois plus Caroline, je ne te verrai plus non plus. » Elle se résigne et se calme. Même lorsqu'il lui avoue l'avoir épousée parce qu'elle porte le même prénom que celui de sa mère, Annetta.

Alberto installe Annette dans un appartement, rue Mazarine. Ce qui n'empêche pas celle-ci de passer le plus clair de son temps rue Hippolyte-Maindron, où, entre autres, elle s'acquitte des tâches ménagères. Caroline, aussi, aura le sien, un deux-pièces, rue Clouet, à deux pas du métro aérien, dans le XVe arrondissement. « Un petit local, à peine plus grand qu'une chambre d'hôtel, c'était notre chez-nous avec Alberto. » De la candeur dans l'eau de ses yeux.

Au-dessous de nous, le fracas de la circulation. Elle ne bouge plus, pas un geste, même furtif. C'est curieux, cette façon de se dérober. Je me demande si ce n'est pas une de ses facéties pour éviter de réveiller les souvenirs, pour éviter de fouiller sa mémoire. Peut-être est-ce juste l'émotion. Sans doute. J'ai envie de poursuivre, mais je ne tiens pas à la brusquer. Le silence s'installe à nouveau, rythmé par le démarrage des voitures. Le temps de cinq ou six feux rouges s'écoule. Son regard embusqué cherche le mien, insiste. Ses frêles épaules se sont affaissées. Son œil cherche à me retrouver. Il y a dans ces moments de la gêne et de la perplexité, de part et d'autre. Il me semble que Caroline se lasse de ma présence. Et puis non, finalement, elle se relève d'une traite, godille jusqu'à sa chambre et regagne sa place, une boîte à chaussures entre les mains.

Sur la table, elle dépose le carton, puis ouvre grand les bras d'un geste de théâtre : « J'ai ça pour vous, si ça peut vous intéresser. »

Un escadron de mouettes, virgules blanches dans le ciel, s'agite au-dessus de nos têtes, lancent leurs railleries et ponctuent la terrasse de leur fiente. Caroline fulmine. Un rictus fige son visage et la vieillit. Je me réjouis de ces secrets partagés.

Du carton, elle extrait un petit paquet retenu par un élastique rouge. À la manière d'un jeu de cartes, elle étale quelques photos aux bords dentés, puis elle les dispose comme si elle allait faire une réussite. Sur l'une d'elles, Alberto tend un sucre à un yorkshire, assis sur la banquette du restaurant : « C'est Merlin, c'était mon petit chien, Alberto l'adorait, mais ce n'était pas lui qui m'en avait fait cadeau. » Sur les photos, Alberto se tient souvent voûté et, toujours, une cigarette brûle ses doigts. Il porte les mêmes vêtements, une veste pied-de-poule ou en tweed, une chemise blanche et une fine cravate noire. « Alberto ne sortait jamais sans cravate, c'était une sorte de ficelle, mais il était plutôt élégant, non ? » J'acquiesce.

Je pointe du doigt un tirage noir et blanc, de petite taille, où Alberto est torse nu, l'air effaré, comme s'il avait été flashé par surprise. Cheveux ébouriffés, corps et visage blêmes d'être éclairés par un projecteur trop fort, il donne l'air de sauter sur un lit ; on perçoit un mouvement de bas en haut. Ce cliché me met mal à l'aise, j'ai l'impression de voler une part d'intimité qui ne m'est pas destinée. D'ailleurs, c'est un moment dérobé et je doute que Giacometti ait apprécié qu'on le fixe à cette minute qui n'appartient qu'à lui. Je cache vite le cliché sous un autre, pour essayer de l'oublier.

Les autres photos finissent par toutes se ressembler : Alberto est, la plupart du temps, dans un café ou au restaurant avec Caroline à ses côtés. Oui, elle est omniprésente et lui affiche toujours un air de fatigue. Peut-être est-il, déjà, rongé par le cancer qui l'emportera quelques années plus tard. L'esquisse d'un sourire sur ses lèvres, puis : « Je pouvais compter sur lui, il m'a toujours sortie de mes ennuis.

– Vos ennuis ?

– Oh, rien, des bricoles... Vous savez, je n'ai jamais été très sage, mais il fallait bien se défendre. »

Je n'ose trop la questionner sur ses « bricoles ». Je me contente de froncer les sourcils et j'ai répété « des bricoles »... Elle prend un ton amusé.

« J'étais très jeune, je ne savais pas comment faire un peu d'argent. Oui, bien sûr, j'ai fait des fric-fracs, rien de bien méchant. J'ai dû casser quelques portes d'appartement. C'était pour vivre, juste pour vivre. Mais j'ai eu quelques ennuis. »

Au moment où Caroline prononce ce mot de « fric-frac », tout en légèreté, qui évoque les monte-en-l'air et l'époque révolue des gentlemen cambrioleurs, je revois Arletty qui parle javanais, avec Michel Simon à ses côtés, dans un charmant film d'avant-guerre. Je me dis que, plus jeune, Caroline devait avoir la gouaille et l'insouciance d'Arletty. Ce qui ne devait pas être pour déplaire à Alberto. Je ne peux m'empêcher de sourire.

À vingt ans, on n'est pas forcément raisonnable… Quels genres d'ennuis ? De la prison ?

Caroline se ferme à nouveau avec son air renfrogné, elle ne bouge pas d'un millimètre et je regrette ma question brutale. Derrière elle, le ciel paraît encore plus limpide et inaccessible. Du palier parviennent des voix et des rires. Je consulte ma montre ; presque quatre heures de l'après-midi. J'ai peur que son compagnon ne surgisse d'un moment à l'autre. Je fixe la poignée de la porte d'entrée avec la crainte qu'elle tourne. Une sorte de panique s'empare de moi, mais j'attends que Caroline se ressaisisse. Je n'ose plus lui adresser la parole et décide de patienter. Le bleu du ciel comme une nappe de silence. Un miracle se produit : elle relève son menton et regarde ailleurs.

« Je ne faisais pas que des choses convenables, c'est vrai. Alors, oui, j'ai eu des petits soucis. Ce n'était pas bien méchant, mais Alberto m'a aidée à me sortir de là. Il connaissait du monde, mon Alberto. Et jamais, jamais il ne m'a fait le moindre reproche… Pas une leçon de morale… Non, rien. »

Je la fixe d'une manière attentive et je m'excuse d'avoir été indiscret.

« C'est vieux, c'est du passé. Vous savez, je n'ai plus envie de remuer tout ça. »

Son teint paraît plus pâle et elle laisse tomber la cendre de sa cigarette sur son chemisier.

Ses jambes pendent dans le vide et elle balance ses pieds comme pourrait le faire une fillette qui s'ennuie.

« Vous n'êtes pas dans votre assiette ?

– Excusez-moi, je dois contrôler mon taux de glycémie… Le diabète, une vraie saloperie. »

Elle a un petit rire, elle glousse. Elle se lève et je la suis ; nous quittons la terrasse pour le salon. Elle écarte une pile de papiers et de journaux pour s'étendre sur le fauteuil. À mon grand étonnement, d'une trousse elle extrait un attirail médical et se tamponne d'alcool l'index, puis à l'aide d'une aiguille se pique le bout du doigt. Me prend une envie de fuir. Je lui propose de la laisser se reposer et j'essaie de lui sourire.

« Soyez tranquille, je reviendrai, Caroline, je vous le promets.

– Non, restez encore, c'est mieux ainsi. Vous ne me dérangez pas. »

Elle m'entraîne vers la chambre, s'allonge sur le lit, après l'avoir recouvert d'une couverture à carreaux, et se cale la tête entre deux oreillers.

« Nous serons mieux ici. »

Elle m'enjoint de m'asseoir à côté d'elle. Je me tiens en bordure, les bras croisés. Le soleil pénètre de biais et trace de longues lignes obliques à travers la chambre où la lampe de chevet est restée allumée. Caroline donne l'air de s'assoupir et je trouve la situation incongrue.

D'un coup, elle sursaute et ouvre de grands yeux écarquillés. Une sorte de hardiesse l'anime lorsqu'elle me raconte sa visite au Louvre avec Alberto. Jamais la jeune femme n'avait mis les pieds dans un musée. « Avant qu'il m'y emmène, je croyais que c'était une corvée, mais je dois toujours le penser parce que je n'y suis pas retournée depuis. »

Dès leur entrée au Louvre, l'artiste entame un long monologue sur Raphaël et d'autres peintres italiens, Caroline à son côté se tient coite, élève apprentie, en admiration devant son professeur. Il stationne devant un tableau et, après avoir parlé de l'œuvre et de ce qu'il voit, il s'étonne de la présence de gens autour et finit par ne plus dévisager qu'eux. « Il disait que la sculpture en pierre était maladroite à côté de la tête vivante, à ses côtés, et son regard était happé par cette personne ; il ne fixait plus qu'elle. » Soit, mais Giacometti va tout de même au musée pour les œuvres qu'il renferme et établir un dialogue avec elles.

Caroline se relève pour s'adosser au mur. « Moi, j'étais émerveillée, je ne distinguais rien. C'était comme dans un rêve, tout me plaisait. Alberto connaissait tout, il avait tout le Louvre dans la tête, toutes les salles, tous les tableaux, tout ce qu'on a fait depuis toujours. Vous savez, il y venait souvent quand il était jeune pour imiter les grands maîtres, enfin, les copier. Je me souviens d'une de ses phrases : il m'a dit qu'une hache préhistorique peut être aussi belle qu'une sculpture.

– Mais encore, que disait-il de la peinture ?

– Je ne sais plus très bien pour quel tableau il parlait de sa profondeur... Il disait qu'on pouvait y entrer dedans comme dans la musique. Il disait : c'est tellement doux et agréable. Et aussi, il pestait contre des peintures accrochées dans les escaliers, il disait qu'elles valaient mieux que ça...

– Et vous, vous en pensiez quoi ?

– Moi, je n'avais pas d'avis, je me contentais de l'écouter.

– Et vous souvenez-vous d'autres choses ? Êtes-vous allés dans les salles d'art antique ?

– Ah oui ! Oui, les antiques, c'était son truc préféré... On s'est promenés dans les sous-sols du Louvre, au milieu des sarcophages. Moi, ça m'impressionnait. Une fois, il s'est planté net devant un sarcophage et il a dit, je m'en souviens très bien : "La mort finit toujours par remettre les choses en place." »

J'ai envie d'en savoir plus, mais, à tout instant, je crains que le fil fragile qui nous relie ne se brise. Quand Caroline me raconte ses moments avec Alberto, je ne me fatigue pas de les entendre, elle donne parfois l'impression de confondre légende et réalité. Qu'importe. Comment lui en vouloir ?

J'essaie de reconstituer le puzzle de tous ces fragments épars, et la moindre parcelle me réjouit, avec le sentiment de découvrir peu à peu un dessin avec ses arrière-plans lointains ou flous sur lesquels se détachent des éléments plus crus et bien réels. Une ligne d'ombre dégage son visage et, par moments, je ne sais plus s'il s'agit de la Caroline des photographies, de celle des dessins et des peintures ou de celle d'aujourd'hui. Sans doute un peu des trois. Il est à ses yeux avéré qu'elle n'est qu'une. Surgit son regard, une fois de plus. Ces mots d'Alberto : « Ce qui fait la différence entre la mort et la personne, c'est son regard. Si le regard, c'est-à-dire la vie, devient l'essentiel, il n'y a pas de doute : c'est la tête qui est l'essentiel. »

Elle parle très bas et maintenant essaie de se souvenir de son voyage à Londres avec Alberto, lorsqu'il exposa à la Tate Gallery. Elle sent mon oreille attentive, perçoit mon impatience et donne l'air de se concentrer. Je pense à toutes ces heures passées en compagnie d'Alberto, dans les bars où elle aimait raconter ses frasques et n'hésitait pas à en rajouter sur le milieu des filles et des souteneurs. Toutes ces heures, toutes ces nuits avec Alberto.

C'était quelques semaines avant sa rétrospective. Alberto, lui qui ne voyageait jamais, sinon pour rejoindre les siens dans les Grisons, tient à suivre la préparation de son exposition londonienne et à participer à l'installation de ses œuvres. Près de deux cents ont été rassemblées dans une grande salle des sous-sols du musée, en attendant d'être accrochées.

« Elles dégageaient une telle force, je ne sais comment vous dire. » Alberto se poste face à un ensemble de sculptures et considère ses œuvres. Il se tient seul, il murmure, le menton entre pouce et index. Caroline l'entend s'interroger.

« Qu'est-ce que créer ? Faire, faire et refaire. C'est cela créer. Refaire sans cesse. Là où j'en suis. »

Alberto rumine, puis il s'allonge et, à quatre pattes, il se met à retoucher ses plâtres. « En fin d'après-midi, il était gai, j'ai senti chez lui un sentiment d'aboutissement que je ne lui connaissais pas jusqu'alors. »

Annette était restée à Paris, seule, loin des hommages et de la gloire ; privée de vie ordinaire, condamnée à vivre dans l'atelier de la rue Hippolyte-Maindron, dans la fumée des poêles et la poussière de plâtre, lui attaché à son grand œuvre, elle soumise. Caroline n'a pas résisté à l'invitation d'Alberto en Angleterre.

« À Londres, nous formions un vrai couple, il m'emmenait à ses rendez-vous, ce qui était rarement le cas à Paris. Jamais il ne m'a entraînée chez Lipp ou au Dôme, jamais à ses déjeuners avec Sartre ou avec Jean Genet. C'étaient des bavardages entre gens intelligents. Il ne devait pas me trouver assez maligne. Et puis, après tout, je m'en fichais, je n'avais rien à faire avec ces messieurs, c'était plutôt sa vie avec Annette. »

Ensemble, ils font le tour des collections du musée anglais, mais peu de tableaux retiennent vraiment son attention, sinon celui représentant une jeune fille aux longs cheveux allongée au milieu des roseaux, toile devant laquelle s'est arrêté Alberto. Ophélie, probablement. Avec une touchante simplicité, elle me parle des couchers de soleil d'un peintre qui doit être Turner. Alberto ne l'appréciait pas particulièrement, elle oui. Comme à son habitude, il passe de longues minutes devant certaines peintures. Impossible de savoir lesquelles. Je n'insiste pas parce que je sais d'avance que Caroline ne s'en souvient plus. De son voyage à Londres lui revient en mémoire un dîner avec un peintre anglais – son nom lui échappe, mais finit par lui revenir : Francis Bacon.

C'est Isabel Rawsthorne*[3], une amie commune, modèle de Bacon comme de Giacometti, et même bien mieux que cela, pour les deux, qui fait les présentations. Quand s'avance Alberto,

3. Isabel Rawsthorne (1912-1992) : artiste peintre anglais, modèle de Derain, Giacometti et Bacon, épouse du compositeur Constant Lambert.

Francis Bacon s'écrie : « Voilà la personne qui m'a influencé plus que tous les autres. » Il le tenait aussi pour l'être humain le plus merveilleux qu'il ait rencontré. Et sa considération le hissait même au panthéon des artistes du siècle, avant Picasso. C'est dire. L'art de Bacon et celui de Giacometti n'ont, a priori, pas de points communs. Si l'on s'en tient au traitement du corps humain : l'artiste anglais exhibe la chair, jusqu'à la scarifier, voire la liquéfier, là où le sculpteur la rend desséchée, quasi momifiée. Au-delà du formel, on peut y voir, pour l'un comme pour l'autre, un souci de brutale vérité de la condition humaine, un même attachement à exprimer l'angoisse de la solitude de l'être confronté à lui-même, être nu totalement exposé. Dans un cas comme dans l'autre, même rapport au corps. Chacun à sa manière le distord et l'interroge. Ils cherchent à exprimer une tension, le « dedans » de l'être, sans pour autant s'attacher au sentiment. Et les deux artistes livrent une œuvre cohérente, un art sans complaisance et sans compromis. Artistes extrêmes, ils se sont concentrés sur un même sujet toute leur vie et, malgré le succès, ils ont toujours occupé le même atelier, sans rien modifier à leur mode de vie. À une époque antérieure, ils auraient été des artistes religieux. Mieux, leur œuvre se situe du côté du sacré. On peut comprendre qu'ils se soient appréciés, bien que leur première rencontre ne se soit pas déroulée sous les meilleurs auspices.

Ce soir-là, dans un restaurant londonien, *Wheeler's*, Caroline assiste à un grand numéro de Francis Bacon, toujours lucide et souvent cruel, sur l'art, l'amour, la mort, ses sujets favoris, qu'il aborde entre deux éclats de rire sonores. Toute la soirée, sanglé dans une veste croisée, chemise à rayures, cravate tricot, Bacon ne cesse de boire champagne, vin et alcools, et plus il boit, plus son discours se détériore en un porridge indigeste. Il est ivre mort. Était-ce aussi l'effet conjugué de l'alcool et du spray de Ventoline dont, à cadence régulière, il se pulvérisait la gorge pour soigner son asthme ? Alberto, plus sobre, se contente de quelques verres de chablis, l'écoute, stoïque, et se limite à des réponses laconiques du genre : « *Who knows* ? »

Alberto ne peut dissimuler son ennui, ce qui attriste Bacon. « Il parlait un français impeccable, mais il était incompréhensible, il avait bu plus que de raison. Alberto m'avait dit qu'il était charmant, mais il devenait mauvais. Au fur et à mesure, son visage ressemblait de plus en plus à ses tableaux, mi-homme, mi-reptile. »

La soirée s'achève avec Bacon soulevant la nappe et tout ce qu'elle supportait, cendriers, verres, bouteilles, assiettes. Ce qui a ravi Alberto et fait, aujourd'hui encore, sourire Caroline. Quant à Isabel Rawsthorne, elle qui était habituée aux excès de son ami Francis, elle l'excusait en répétant avec un fort accent anglais : « Francis a besoin de distiller son étouffement. »

Cette histoire ne m'étonne pas. Dans les années quatre-vingt, lors d'entretiens avec le peintre anglais, j'avais pu me rendre compte, à plusieurs reprises de quoi sir Francis Bacon était capable. Une de ces soirées enflammées d'alcool, une parole malheureuse déclenchait des colères et l'entraînait dans des excès de furie. Pas besoin de ses poings, les mots lui suffisaient pour frapper celui qui avait eu le malheur de se laisser emporter dans une joute contre ses idées. La plupart du temps, sa terrible lucidité lui donnait raison. Une de ces nuits-là, au *Colony*, il s'en était pris à un voisin de bar. Moi, je me contentais de me tapir contre le mur et laissais passer les échanges. Bacon vociférait que l'amour sexuel est plus fort que tout, l'autre l'interrompait, lui reprochant de ne l'avoir pas montré dans ses peintures. « J'ai mis deux hommes nus dans un lit, ils s'agrippent l'un à l'autre. Basta ! Je ne vais tout de même pas peindre un homme fourrant sa queue dans le cul d'un autre ! Ce n'est pas nécessaire ! » hurlait-il, levant sa coupe de champagne au-dessus de la petite assemblée.

Dans les peintures de Bacon, les personnages se coulent souvent dans le décor banal d'un intérieur, comme si leurs corps étaient liés aux objets qui les entourent. C'est ainsi que m'apparaît maintenant Caroline, elle se fond dans sa chambre. À demi allongée, elle se rapproche de moi, elle tire un pan de couverture qui tombe du lit et me fixe droit dans les yeux. Je sens l'acidité de son haleine. « J'aimerais que vous me lisiez. » Elle me tend l'épais volume de *Belle du seigneur* placé sur la table de chevet. D'une voix calme : « S'il vous plaît, juste quelques lignes, un petit passage. » Je saisis le livre qu'elle me donne et je l'ouvre, au petit bonheur. Je lis le début de la troisième partie, chapitre XXXVIII, d'un ton appliqué. Au fur et à mesure de la lecture, Caroline se colle littéralement à moi, et, par instants, je sens une pression sur mon bras, elle tient maintenant son coude serré contre le mien.

« Continuez ! »

Je poursuis :

« Tu es belle, lui disait-il. Je suis la belle du seigneur, souriait-elle. Ariane, ses yeux soudain traqués lorsque, dissimulant son amour, il inventait une froideur pour être plus aimé encore, Ariane qui l'appelait sa joie et son tourment, son méchant et son tourmente-chrétien, mais aussi frère de l'âme, Ariane, la vive, la tournoyante, l'ensoleillée, la géniale aux télégrammes de cent mots d'amour, tant de télégrammes pour que l'aimé en voyage sût dans une heure, sût vite combien l'aimante aimée l'aimait sans cesse, et une heure après l'envoi elle lisait le brouillon du télégramme, lisait le télégramme en même temps que lui, pour être avec lui, et aussi pour savourer le bonheur de l'aimé, l'admiration de l'aimé. »

Les mots d'Albert Cohen se dressent en moi. Je me laisse emporter par le rythme de ses longues phrases et partage ces lignes lues pour Caroline. À nouveau, ses ongles traversent l'étoffe de ma veste, elle serre mon bras encore plus fort. J'attends qu'elle me fasse signe d'arrêter, mais non, d'aise elle dodeline de la tête. Je décide de stopper net, prétextant un manque de souffle.

« Allez, encore un peu, juste un peu.

– Non, non, Caroline, ça suffit. Qu'est-ce qui vous plaît tant dans ce livre ?

– Ce roman est une apothéose. Il m'embarque, il me fait rêver. J'aime Ariane, j'aime Solal, ces personnages merveilleux, j'aime ce roman. Je ne peux vous dire pourquoi… Tout cet amour… J'aime m'y noyer, je m'y noie, ce livre ne me quitte pas, je partirai avec lui. »

Caroline relâche la pression exercée sur mon bras. Un temps, je suis resté immobile et muet, et en refermant le volume de la collection blanche de Gallimard, un morceau de papier est tombé. Quelques lignes griffonnées d'une écriture précipitée : « Je dois partir, j'ai voulu te réveiller, c'est impossible. Je suis en retard, à très vite, Alberto. »

Juste au-dessus de ces quelques mots, la petite tête de Caroline dessinée au stylo à bille. Le papier a été froissé, comme si on l'avait jeté en boule puis récupéré. L'éclair des yeux de Caroline : « C'est tout ce qui me reste d'Alberto. » Je saisis sa main au vol, elle tremble. « Je n'ai plus rien. Je n'ai jamais rien eu, d'ailleurs. »

Elle se lève, chancelle, se redresse, puis la sentence :

« Personne ne peut comprendre notre amour avec Alberto. Un jour, il me demande de le rejoindre à Stampa, chez sa mère. Mais il n'était pas question, pour moi, qu'il me la présente. Vous imaginez. Alors nous avons longé une voie ferrée jusqu'au petit matin et ce fut ma plus belle nuit d'amour. »

Silence.

Des mouches bourdonnent contre les vitres sales de la baie vitrée. Elle fixe le vase aux arums fanés, posé sur la table de chevet, perd son regard dans son eau trouble. Puis : « Je n'aime pas m'abîmer dans les années perdues. Ma famille m'a lâchée, Alberto m'a lâchée. Pauvre Alberto… Non, je n'ai plus rien de lui que mes souvenirs. J'avais encore, il y a peu, un exemplaire de *Paris sans fin*, mais lui aussi a disparu. »

Elle tousse et sa voix étranglée exprime sa passion pour les dessins de cet ensemble de lithographies.

« Vous connaissez ce livre ? Vous savez, c'est un peu de notre vie à Alberto et à moi. On sillonnait la ville dans ma petite voiture rouge et Alberto crayonnait. »

La nuit tombe, la MG rouge descend la rue Saint-Denis, Caroline au volant, un foulard sur la tête, Alberto assis à ses côtés, à l'avant, emmitouflé dans un épais manteau. L'air picote en cette fin de mois mars, et, dans leur cabriolet décapoté, on pourrait les prendre pour des touristes. Alberto est excité, à l'affût des filles sur les trottoirs. Ses yeux virevoltent ; il demande à s'arrêter, et Caroline gare l'auto à cheval sur un bas-côté. Crayon en main, une fébrilité à fleur de peau, Alberto trace les façades d'immeubles qui s'ouvrent sur le ciel. Sa main s'abandonne sur la feuille du carnet, nul ne peut l'arrêter.

« C'était comme s'il était envahi par une sorte d'ivresse. »

Caroline remet le contact, et le cabriolet glisse jusqu'à la place du Châtelet. Puis le couple se poste au bord de la fontaine. Érigée dans l'encre de la nuit, la tour Saint-Jacques veille. L'artiste reprend son crayon, et quelques traits suffisent à noircir sa feuille : une ou deux silhouettes au premier plan, des ramures d'arbres sans feuilles et, plus haut encore, la tour et ses gargouilles suggérées. Ce sera tout pour ce soir-là, ils retournent rue Clouet dans l'appartement de Caroline. Mais, avant de rentrer, ils stoppent boulevard Garibaldi : là, sous leurs yeux, file le métro aérien entre les arbres et les façades d'immeubles. Alberto ne résiste pas. Sa main court sur le papier, sans hésitation, sans repentir. Caroline ne l'a jamais vu travailler ainsi, il a l'air presque heureux.

Il y aura d'autres soirs, d'autres nuits, sans itinéraire précis, à circuler dans Paris. Alberto respire. Il aime cette ville au détour de chaque rue, il l'aime comme moi-même je peux la parcourir, à pied, des nuits entières. Ils suivent la Seine jusqu'à la tour Eiffel, s'arrêtent encore. Le temps de la dessiner. Il demande à sa compagne d'accélérer, de doubler une voiture trop lente. Puis ils s'attardent à la terrasse d'un café-tabac, avant de s'attabler au restaurant *Bleu*, un auvergnat qui sert des viandes épaisses, près de la rue d'Alésia. Il ne lâche pas son crayon, remplit les pages blanches de ses lignes cursives.

Une autre fois, une fin d'après-midi, ils se rendent au Muséum d'histoire naturelle. Et les carcasses d'éléphants donnent l'impression d'avancer et de monter à l'assaut. Plus loin encore, il s'attarde sur un coin de rue, l'enseigne d'un coiffeur, une horloge. Et parfois les routes qu'il dessine, avec le tableau de bord du petit bolide au premier plan, semblent mener vers un ailleurs.

Paris sans fin s'ouvre sur un corps de femme nue, de profil, qui s'élance dans le vide, dans la diagonale de la page. Son trait sinueux ondoie. Suivent des fragments de la vie du peintre : visions fugitives de Paris, comme des images saisies à la volée, qui unissent l'homme, l'artiste et la ville. Un Paris d'architectures, de cafés, de terrasses, les tours de Saint-Sulpice, l'atelier et ses sellettes aux statues, aux tables chargées de livres, la tour Eiffel, la tour Saint-Jacques, le quai de Montebello, Notre-Dame, des bus, des autos, des bouches de métro, des carrefours aux passants pressés, la rue Saint-Denis au crépuscule, les ateliers du lithographe Mourlot, les squelettes humains dans la pénombre du Muséum. Et tout son entourage familier : l'éditeur Tériade, les filles de *Chez Adrien*, Dany nue dans une chambre d'hôtel de la rue Vavin, Isabel Rawsthorne, Diego, Annette et Caroline. Caroline encore et encore.

L'immédiateté est perceptible sous chaque trait, rapide comme une flèche. Le crayon fait vite, sans reprises, et Giacometti fait corps avec sa ville. « *Cane come me, Donna come me, Città come me* » écrivait Malaparte. Toutes ces séquences livrées à la manière d'un cinéaste donnent le sentiment d'un Paris intemporel, précis et imprécis tout à la fois. Ce journal de bord se referme sur un homme de dos, comme un adieu à la vie. Pas de possibilités de revenir en arrière, de recommencer, de gommer ou d'effacer. Ce *Paris sans fin* représente, peut-être, l'aboutissement de l'art de

Giacometti. Et une sorte de revanche du dessin sur la peinture et la sculpture.

Moi aussi, longtemps, avec la nuit commençaient mes jours. Moi aussi, j'ai passé des nuits entières à tourner dans Paris, dans ce Paris sans fin. La nuit comme un étai, un repli, la nuit comme un mensonge. Combien de fois ai-je parcouru ses rues à pied, souvent seul, à rôder sans but, sans alibi ? En voiture, prendre en enfilade les boulevards de ceinture, descendre les larges avenues, se perdre dans les petites rues, Montmartre, place d'Italie, la Madeleine, Pigalle, zigzaguer d'un quartier à l'autre, glisser dans ses voies comme un traîneau sur la neige. Combien de nuits à divaguer, à se vider de son identité, à succomber à une anarchie douce ? Suivre un impossible labyrinthe d'ombres aimées.

Durant la nuit, Paris redevient sauvage. Une autre vie s'ouvre à vous. Ses nuits, ses rues, m'appelaient et j'avais besoin de leur ivresse. Paris la nuit qui vous prend et vous absorbe. Il y a tous ses lieux, ses itinéraires et sa population nocturne, des gens qui ne vivent que la nuit ; le jour, ils s'effacent, ils n'existent plus, vous ne les voyez plus. Au petit matin, le sucre des néons trop rose fond et la grisaille se réveille. Alors, vous attendez la tombée du soir. Et recommencez Paris, mon aventure.

Autour de nous, tout s'est calmé, même la volée d'oiseaux s'est tue, on entend à peine le bruit des moteurs. Caroline et moi sommes accoudés à la rambarde de fer forgé, nous regardons en direction de la mer. Souffle une légère brise. Le soleil entame son plongeon. En bas, les voitures roulent à faible allure, embouteillages de fin d'après-midi. Elle aspire une longue bouffée de cigarette. Elle dit manquer d'air.

« Vous ne devriez pas.

– Je sais. Mais je n'ai plus rien à craindre. Plus rien. Je n'ai même pas peur d'être malade, ni d'être seule. C'est le privilège des vieilles personnes comme moi. »

Nous restons un moment à contempler la promenade, les palmiers au premier plan, plus loin l'horizon. Dans l'air circule une odeur légèrement soufrée qui se mêle à celle, mentholée, de sa cigarette. Caroline fixe le lointain et me jette de temps à autre un regard complice, faussement tendre. Et je me dis qu'à ce moment précis d'autres retraités doivent, eux aussi, sur leur balcon, attendre que le soleil rouge s'enfonce dans la mer. À mon tour, je l'observe enveloppée dans son châle, tête dure, penchée en avant, tendue sur son cou rigide. La ligne sèche de son profil dégage une certaine beauté. Je pense à elle quand l'avenir, paysage brumeux, s'étendait devant elle. Giacometti face à son modèle immobile : songeait-il qu'il devrait, un jour, lui aussi, sombrer dans la mort ?

Février 1963. Depuis quelque temps, Alberto ne dit rien de ses maux, son estomac le brûle, il a une mine de papier mâché, il ne se plaint pas, il travaille. On lui enlèvera les quatre cinquièmes de l'estomac. Il s'en remet. En décembre 1965, il se sent faible, épuisé. Il respire mal. Ce n'est pas ce qu'il craint, il pense à une rechute de son cancer à l'estomac. Les médecins, qu'il finit par consulter, diagnostiquent des problèmes respiratoires graves avec des complications circulatoires. Dans son atelier, il laisse derrière lui une sculpture, le buste d'Elie Lothar, un ami photographe qui partageait avec lui et Caroline les nuits de Montparnasse, et un portrait de Caroline, sa dernière peinture.

Alberto est hospitalisé près des siens, en Suisse, à l'hôpital de Coire, un grand bâtiment en béton, situé dans les collines de son enfance. Une chambre comme une autre, avec rien de trop. Au mur, face à lui, est accrochée la reproduction d'un banal paysage représentant les Alpes. À ceux qui lui rendent visite, Diego, Annette, il dit : « Si seulement je pouvais en faire autant. » Annette a pris une chambre d'hôtel et passe ses jours dans les cafés à tuer l'ennui. Alberto ne supporte pas son comportement, elle devient irascible, elle dit : « J'en ai marre de Giacometti. » Prévenue, Caroline prend le train et retourne à Coire.

« À l'hôpital, j'ai éprouvé un choc. Alberto était très fatigué, plus que d'habitude. Il avait le teint gris, des yeux jaunes… »

Elle baisse la tête, fixe ses bottines.

« Ils lui avaient mis un appareil respiratoire. J'ai pris conscience qu'il nous abandonnait. C'est triste ce que je dis là, mais j'étais plus que triste. Le chagrin m'envahissait et j'essayais de le contenir. Oui, il a tenté de me sourire et il a ouvert la bouche : «La mort s'apprête à me cueillir. Comme je me suis donné du mal pour rien du tout…» Des larmes coulaient le long de ses joues. »

Caroline passe une journée à ses côtés à le regarder somnoler et elle retourne à Paris en train. Quelques jours après, inquiète, elle ne peut s'empêcher de revenir. Annette ne supporte pas ses visites, de peur qu'elle ne profite de la situation. Alberto répète à ceux qui veulent l'entendre : « Je ne veux pas qu'Annette touche à mes affaires. » Il demande à rentrer à Paris pour remettre de l'ordre dans son atelier. Dehors, la neige tombe à gros flocons. Autour de lui, Annette, Diego, Bruno, son autre frère, et Caroline.

« Vous êtes tous là, cela veut dire que je vais mourir. »

Dans le couloir, des cris, Annette et Caroline s'écharpent, puis se ressaisissent. Alberto réclame Caroline, seule. Elle lui tient la main, une dernière fois, ses doigts froids la serrent, l'agrippent.

Quand Caroline ferme la bouche du mort, elle pense à une de ses sculptures. Dehors, la neige continue à tomber.

Une photo d'Herbert Maeder montre le cortège funèbre en direction du petit cimetière de Borgonovo-Stampa, dans la lumière glacée de la vallée de son enfance. Une voiture tirée par un cheval suivie d'Annette, de Diego, de Bruno, du marchand Pierre Matisse et de quelques proches. Une petite foule en marche, la neige pour linceul. Quelques pas derrière, Caroline, toute de noir vêtue.

De l'autre côté de la rue, les immeubles élèvent leurs façades silencieuses. Le ressac du vent heurte les obstacles de la ville, les fils électriques se mettent à siffler. D'un coup, une fraîcheur descend et nous sommes rentrés nous asseoir sur les fauteuils au velours usé, autour de la table basse chargée des restes d'un repas. Sur les murs, la lumière lave les ombres et un cerne foncé ourle les contours de son visage. J'ai beau écarquiller les yeux, je ne distingue plus très bien la Caroline d'Alberto, juste une petite dame en état de lucidité inerte. Je partage avec elle mon impression d'abandon.

« Oui, nous sommes seuls. Comme si on nous avait oubliés. »

Elle sourit, disant cela, et son sourire suffit à réveiller ses traits d'antan comme la ligne d'un dessin avec ses repentirs. Son visage si étrange ne tient que par son regard. Et ses yeux qui m'obsèdent. Elle se lève, ne tient plus en place, comme sans but, manque de trébucher sur le vieux tapis marocain. Elle se dirige maintenant vers la chambre. Je m'attarde une nouvelle fois sur le portrait au mur, la belle femme au long cou, un corbeau perché sur l'épaule. Elle prend son temps, ne revient pas tout de suite. Je m'inquiète, mais elle finit par réapparaître les lèvres rouges dans un nuage de Guerlain. Coquette. Je sais qu'il est grand temps de prendre congé, mais je ne me résous pas à la laisser. Elle se pose à la manière d'un oiseau sur le rebord du fauteuil.

« Tenez. »

Elle me tend une coupure de journal. Un titre en gros caractères barre la une de *Nice-Matin* : « Giacometti : l'homme qui vaut cent millions de dollars ». Je lis à haute voix : « Alberto Giacometti dépasse d'une courte tête Pablo Picasso, dont un tableau avait atteint en 2004 la bagatelle de 74,2 millions d'euros. Mais ce nouveau sommet surprend dans une période de récession, donnant un signe fort de la vitalité du marché de l'art. »

Je me contente d'un haussement d'épaules.

« Non, ne croyez pas cela, il aurait été heureux d'être passé devant Picasso. Mon Alberto, ma Grisaille... Vous savez, il ne voulait plus le recevoir. Il me disait : «Picasso fait feu de tout bois.» »

Caroline me considère de ses yeux vert d'eau et replie avec soin le rectangle de papier journal.

« C'est plutôt drôle, non ? La Chase Manhattan Bank de New York avait refusé cet *Homme qui marche*, et cette œuvre est devenue la sculpture la plus chère de tous les temps... Quel pied de nez !

– Alberto se fichait pas mal de l'argent. Il m'offrait tout ce que je désirais. Il donnait tout ce qu'il gagnait. J'en sais quelque chose. Ça ne comptait pas pour lui... Il n'y avait que son travail qui l'illuminait.

– Et vous ! »

Elle rit. Suit une quinte de toux. Elle s'excuse.

« Ah ! Moi... C'est autre chose... »

Son regard se clive. Elle me propose un apéritif. Je décline, mais elle insiste.

« Vous ne voulez rien boire, vous êtes sûr ? Il me reste un fond de Campari. »

La lumière commence à baisser. Caroline allume une petite lampe posée sur la table près de l'entrée. Je lis des marques de fatigue sur son visage et préfère la laisser. Elle me fixe une dernière fois, et je sais qu'aujourd'hui, aujourd'hui ou les autres jours, elle ne me racontera rien de plus. J'ai bien compris qu'elle préférait garder encore des secrets pour elle. Aux mystères de Caroline répondent les énigmes d'Alberto.

Nous nous embrassons avec la promesse de nous revoir. Quand Caroline ferme la porte derrière moi, je sens un soulagement et reste un moment abasourdi sur le palier. Un long silence suivi de la sonnerie du téléphone. Caroline décroche et je discerne, à travers la porte, sa voix grêle, à peine distincte : « Tu peux monter. » Puis, au bout de quelques secondes, elle allume la radio, qui diffuse une musique de variétés.

Je choisis de descendre les étages à pied. Par endroits, les marches de marbre blanc sont ébréchées. J'entends le moteur de l'ascenseur. Arrivé au niveau du deuxième, je distingue à travers la grille la silhouette d'un homme d'une soixantaine d'années, une serviette en cuir à la main. Nos regards se croisent, mais je serais bien incapable de le décrire. J'ai juste aperçu sa calvitie et sa tenue sombre.

En sortant de l'immeuble, je ne peux retenir un long soupir. Garée sur le trottoir d'en face, je remarque une camionnette blanche sur laquelle est inscrit « TOUTNET Nettoyage et tous travaux d'entretien » suivi d'un numéro de téléphone portable.

Sous le ciel qui semble d'été, l'ombre d'un avion et le vrombissement de ses moteurs, je remonte la promenade. Des enfants glissent sur des planches à roulettes entre les passants. Aux terrasses des cafés, toutes les chaises et les têtes sont tournées en direction de la mer, où le soleil a disparu. Du haut de son belvédère, une vieille dame observe le ciel, elle aussi, comme toutes les fins d'après-midi. Me reviennent ses mots : « J'étais sa démesure. »

L'Homme qui marche

À Pierre Schneider

Avant-propos

Pourquoi cette sculpture, *L'Homme qui marche*, exerce-t-elle une telle fascination ? Curieusement, aucun livre n'a été consacré au chef-d'œuvre d'Alberto Giacometti, dont la silhouette décharnée est devenue la statue la plus célèbre du XXe siècle, l'emblème de l'homme universel, alors que Giacometti et son travail ont été l'objet de très nombreuses études.

Pourquoi et comment cette sculpture est-elle née ? Pourquoi cette représentation nous bouleverse autant ? *L'Homme qui marche* est notre miroir, c'est bien de nous qu'il s'agit avec notre précarité, notre douleur, notre solitude. Giacometti parvient à nous faire partager le sentiment trouble de l'humain. C'est bien de nous qu'il s'agit, cette image de la fragilité, celle de tout être et aussi celle de l'artiste arpentant son atelier. Marcher, c'est être, c'est exister. *L'Homme qui marche* représente chacun qui le contemple. Sa marche le projette vers un but inconnu.

D'où vient-il, cet homme qui nous ressemble tant ? Cette œuvre accompagne l'artiste – presque – jusqu'à la fin de sa vie, sous différentes variantes, elle est sa principale préoccupation et traduit sa grande interrogation. Nous évoquerons l'art égyptien, l'art étrusque, mais aussi les figures de Giotto et de Rodin surtout, son maître, qu'il parvient à dépasser, ou tout au moins à égaler. Sa sculpture occupe l'espace, et le désigne. L'artiste tente l'impossible : une sculpture en mouvement, dans une posture impensable, le corps penché en avant et les pieds ancrés au sol, à sa condition humaine, défiant les lois de la gravitation. Or, quoi de plus immobile qu'une statue ? Comment fixer la mobilité ? Giacometti tente le paradoxe et réussit à insuffler l'élan de la vie dans sa statue. C'est sans doute aussi pour tout cela qu'elle nous attire et nous séduit.

F. M.

« André BRETON : Qu'est-ce que ton atelier ?
Alberto GIACOMETTI : Ce sont deux petits pieds
qui marchent. »
Documents 34.

« Une seule chose intéresse l'homme,
c'est l'homme. »
Blaise PASCAL

Une première rencontre

À l'heure incertaine où la lumière de fin d'après-midi vire et pourrait passer soudain pour celle du matin des origines, je rencontrai pour la première fois *L'Homme qui marche*, sans connaître rien de l'œuvre ni de son rayonnement. Accompagné d'un camarade passionné d'art comme moi – nous ne devions pas avoir dix-huit ans –, j'avais fait le voyage en auto-stop jusqu'à Saint-Paul-de-Vence pour visiter l'exposition « Le Musée imaginaire d'André Malraux ». Au commencement, donc, il y eut un tête-à-tête imprévu, j'allai à la découverte de l'univers des formes de Malraux et tombai sur Alberto Giacometti et la longue silhouette décharnée de sa sculpture.

Ce soir-là, à la Fondation Maeght, le rose doré qui enveloppait les statues de la cour Giacometti, aux murs de brique, s'est brusquement assombri, chassé par une bande de nuages amarrée à l'horizon. Un vent chargé de chaleur sifflait à travers les pins maritimes. Les sculptures vibraient dans l'air chaud d'août, donnant l'impression d'être des personnes en conciliabule. Se tenait là un groupe de statues, des femmes nues et un chien au thorax efflanqué. J'étais parmi eux, nous partagions le même espace. Ces femmes me fixaient d'un regard perdu. Leur force et leur fragilité pesaient sur moi. Jamais je n'avais rien vu ni ressenti de tel. Jamais des personnages de bronze recouverts d'une patine ocrée ne m'avaient paru si présents, si vivants. Que viens-tu faire parmi nous ? semblaient-ils me dire. Je les sentais prêts à me parler. Était-ce leur surface déchiquetée, bosselée, ravinée, si particulière à la sculpture de Giacometti, qui les rendait humains à ce point ? Était-ce cette manière si éloignée des marbres lisses romains, conçus et exécutés dans les proportions de l'homme ? L'être mis à nu, ai-je pensé ce jour-là, l'être face à la mort, l'être et le néant : ils étaient humains de cet extrême dénuement-là.

La touffeur d'orage devint pesante et oppressante. Soudain il se mit à grêler. L'essaim des derniers visiteurs se précipita à l'intérieur des salles. Je ne pouvais quitter des yeux les statues qui exerçaient sur moi leur fascination. J'ignorais le déluge de flèches gelées qui s'abattait sur nous.

Un des personnages me retenait en particulier. Plus rien n'existait que cette silhouette décharnée, humble et altière à la fois, qui proclamait sa solitude. Je m'assis en tailleur sur les dalles de terre cuite, face à lui. Je le fixais, il me fixait. Il semblait trembler sous la pluie battante, et je ne sus plus si c'était lui ou bien moi qui grelottait. L'eau dégoulinait le long de son corps, renforçant l'impression de son tremblement. Elle dissipait la sévérité de son allure.

Le vide s'était fait autour de nous. Nous étions tout à fait seuls maintenant. J'observais chaque détail. Comment le sculpteur avait-il réussi à donner l'illusion d'une peau, d'une couche granuleuse sous le derme, sans que la sculpture ait pour autant l'apparence d'un écorché ? Comment avait-il su montrer l'en dessous de la matière, en offrir la perception ? Et ce, dans un seul but, rendre plus vrai encore ce corps dépouillé de tout.

Dans notre face-à-face, je ne voyais que lui avec ses longues jambes maigres, ses bras près du corps, malingres aussi. Il donnait l'impression de sortir d'une nuit sans nom, d'avancer vers moi, de percer l'espace ; il n'était pas de bronze mais de chair ; il s'animait. Son regard tourné vers l'horizon semblait ressasser les trois interrogations sempiternelles mais fondamentales : d'où venons-nous ? qui sommes-nous ? où allons-nous ?

Sous les assauts de la pluie, par instants, son visage s'évanouissait, et j'avais envie de lui prendre la main et de la serrer. Je ne voyais plus les grumeaux, les marques de pétrissage de la matière, les empreintes de mains, de doigts, les coups de canif, toutes les blessures infligées par le sculpteur. J'imaginais l'artiste au travail, avant l'étape finale du bronze, avec ses matériaux d'origine, le plâtre, l'étoupe, la ficelle, les tiges de fer, que sais-je encore ? Je voyais l'artiste confronté aux entrailles de son œuvre. Là, face à moi, un homme monumental qui triomphe de la mort, un homme victorieux.

À quoi tient donc la puissance de cette œuvre ? Qu'est-ce qui en fait son humanité ? Dressée dans sa verticalité, ses pieds rocheux enracinés dans la pierre qui est le socle, cette figure de bronze a une âme et semble habitée par une vérité intérieure. Est-ce sa tête réduite, son port haut qui lui insuffle cette énergie, comme si tout son être se tenait là, dans cette petite tête serrée ?

C'est ainsi, livré au vertige, face à elle, dans des lueurs de fin du monde, que commença notre dialogue. Depuis, il n'a jamais cessé. Depuis ce soir d'août 1973 et cet orage d'été, l'intensité de cette vision ne m'a pas quitté. *L'Homme qui marche* a modifié mon œil, ma manière de voir, d'observer une sculpture. Il appartient à mon paysage intérieur.

Des hommes qui marchent

Il n'y a pas un *Homme qui marche*, mais des *Homme qui marche.* C'est une statue que l'on croit unique, mais qui s'est démultipliée. Le singulier est une simplification. Précision formulée par Yves Bonnefoy : « Il y a plusieurs *Homme qui marche* [...], plâtres qui deviennent bronzes, figures seules ou composées avec d'autres. Mais il ne faut pas penser pour autant qu'il s'agisse d'œuvres vraiment distinctes. Plutôt trouver là la preuve, qui est précieuse, de la primauté chez Giacometti de la vision sur la réalisation. »

L'artiste a réalisé plusieurs versions de sa vision, qui deviendra une icône de la statuaire. Son *Homme* est l'aboutissement d'un long parcours. Après s'être retiré en Suisse, parmi les siens, en 1941, et ce pour toute la durée de la guerre, Giacometti retrouve le 17 septembre 1945 son atelier parisien. Il a été gardé par son frère Diego. Il rapporte avec lui ses sculptures, des têtes et des personnages en pied qui tiennent dans des boîtes d'allumettes. Il reprend aussitôt son travail sur la figure humaine avec une nouvelle perception de l'espace : « Jusqu'à la guerre, j'ai cru voir des gens grandeur nature, selon la distance donnée. Puis j'ai remarqué que je les voyais beaucoup plus petits qu'ils ne sont – même à proximité. Les premières fois que j'ai pris conscience de ça, j'étais dans la rue. Cela m'a déconcerté, mais je m'y suis habitué. Puis, j'ai fait la même observation en d'autres circonstances », note-t-il dans l'un de ses textes. Il se souvient aussi d'une révélation, « un vrai choc », qui fait basculer toute sa conception de l'espace : il se trouve dans un cinéma de Montparnasse, il analyse sa perception des images qui défilent sur l'écran, qu'il confronte aux spectateurs, ses voisins dans la salle. En sortant du cinéma, il prend conscience de la profondeur de champ qui métamorphose tout autour de lui : « Ce jour-là, la réalité s'est revalorisée, pour moi, du tout au tout : elle devenait l'inconnu, mais, en même temps, un inconnu merveilleux », déclare-t-il à Georges Charbonnier.

Durant l'hiver 1945-1946, après vingt-cinq ans de travail et de recherches, une mutation s'opère. S'ouvre à lui « un monde encore jamais vu ». Dans ces circonstances apparaît *L'Homme qui marche.* Et enfin, Giacometti trouve sa voie, l'aboutissement de ses réflexions, de son désir aussi : inventer une forme qui résume l'homme et sa condition.

Au départ, *L'Homme qui marche* était une *Femme qui marche.* La toute première, qu'il intitule ainsi, date de 1932, durant sa période surréaliste, et avance d'un pas décidé telle la Gradiva de Wilhelm Jensen qui semble renaître de chez les morts. La cavité creusée au niveau de son plexus solaire rompt sa beauté lisse et classique de mannequin et donne une impression de malaise. La deuxième femme qui marche est une sculpture de petite taille, en plâtre peint, taillée au canif, montée sur un socle parallélépipédique, intitulée *La Nuit.* Elle date de 1946. Il en existe deux versions. L'artiste dira d'elle : « C'est la sculpture que je préfère. » On y voit l'origine de *L'Homme qui marche* : la femme avance, le buste droit, un pied levé en arrière, en action de marche, l'autre posé sur la base. Un de ses bras est levé, l'autre tendu vers le bas, comme si elle parlait avec les mains.

Dans la même période, en 1946, Alberto Giacometti conçoit son tout premier homme qui marche. Il se tient dans la verticalité, il est en mouvement. *Projet d'un monument pour un homme célèbre*, d'une hauteur de 46 centimètres, ce personnage n'est autre que le résistant Gabriel Péri. Journaliste et homme politique, membre du Parti communiste français, auteur de la fameuse formule « Des lendemains qui chantent », Péri est arrêté et fusillé comme otage par les Allemands, le 15 décembre 1941, à la forteresse du Mont-Valérien. Âgé de trente-neuf ans, il connaît le même sort qu'Honoré d'Estienne d'Orves quelques mois après lui. Louis Aragon a dédié aux résistants son poème « La Rose et le Réséda » : « Celui qui croyait au ciel, celui qui n'y croyait pas. »

Au sortir de la guerre pour célébrer ses héros, le PCF sollicite de nombreux artistes proches, Picasso en tête. Est-ce lui ou Aragon qui a suggéré le nom de Giacometti à ses camarades du parti ? La statue ne verra jamais le jour. Curieusement, Giacometti passe cette statue sous silence, il ne l'évoque pas dans ses *Ecrits*, et ses biographes oublient de la signaler. Il s'agit pourtant de la toute première représentation d'un homme qui marche dans son œuvre. Cette figure se tient droite, son buste n'est pas encore penché en avant. Pour ce projet de monument, Giacometti ne s'occupe pas du piédestal, conçu par l'architecte franco-américain Paul Nelson : d'un modernisme futuriste, ce projet de socle ne correspond en rien à l'esthétique de Giacometti. La sculpture ne sera donc jamais réalisée grandeur nature. Seule la maquette sera éditée en bronze en 1961, en un tirage non achevé, par la fonderie Susse établie à Malakoff.

Quatre œuvres portent l'appellation *L'Homme qui marche* : celle de 1947, qui sera exposée à

New York à la galerie Pierre-Matisse ; *L'Homme qui marche I* * (180,5 centimètres) et *L'Homme qui marche II* ** (189 centimètres) sont créées pour le projet de la Chase Manhattan Bank en 1960 et 1961 ; enfin, *L'Homme qui marche III*, en 1962, demeure inachevée, au stade de plâtre peint travaillé au canif, avec une jambe en tige de fer. Elle est la propriété de la Fondation Alberto et Annette Giacometti et n'a jamais été éditée en bronze. Elle est la plus haute : 190,40 centimètres.

Le tout premier *Homme qui marche* voit le jour en 1947. Il mesure 67,30 centimètres. Il est fondu en bronze par Rudier, le fondeur de Rodin, Bourdelle, Maillol – pour ne citer que les plus grands –, en six exemplaires, numérotés de 1/6 à 6/6, et en quatre exemplaires « E. A. » – « épreuve d'artiste » – aux frais partagés d'Aimé Maeght et de Pierre Matisse. Il est montré au public pour la première fois à New York dans la galerie Pierre-Matisse, située au dix-septième étage du Fuller Building, lors de l'exposition du 19 janvier au 14 février 1948.

Alberto s'est lié d'amitié avec le fils du peintre Henri Matisse, à la Grande Chaumière, au début des années 1920. Dès 1924, Pierre Matisse s'installe à New York, où il devient l'un des grands marchands d'art, à l'égal de son prédécesseur Daniel-Henry Kahnweiler ou de son contemporain Aimé Maeght. Il exposera Henri Matisse, Dubuffet, Chagall, Miro, Balthus, Tanguy, Derain… Ce « passeur passionné », comme on le surnommait dans le milieu de l'art, entretient une précieuse correspondance avec Giacometti, celui-ci n'ayant pas le téléphone. Les deux hommes s'écrivent presque toutes les semaines. Ces échanges épistolaires fournis témoignent de leur respect mutuel, de leur profonde amitié née du temps où ils fréquentaient la Grande Chaumière et de l'admiration de Giacometti pour Henri Matisse. En 1946, Giacometti reprend confiance en son travail, il sent qu'il a trouvé une nouvelle voie. Il en informe le marchand new-yorkais, qui lui promet une exposition. Giacometti est motivé, il ne cesse de travailler, encouragé par son ami et la perspective de cette première exposition new-yorkaise.

L'artiste, concentré, consacre tout son temps et toute son énergie à sa préparation : « Mon atelier est devenu impossible, il y a partout des montagnes de plâtre avec des petits chemins et je n'ai plus le temps de voir personne, Sartre la semaine prochaine, nous parlerons de la Préface », écrit-il à Pierre Matisse, en octobre 1947, évoquant le texte que doit écrire le philosophe pour le catalogue. La date du vernissage est fixée au 19 janvier 1948, mais Giacometti, casanier et qui redoute les grands voyages, ne compte pas se rendre à

New York. Il attendra octobre 1965 et l'exposition de son œuvre au MoMA, soit l'extrême fin de sa vie, pour faire le déplacement. Pour lui, la plus grande des aventures, le plus grand des voyages, c'est l'art.

Il a prévu que soient présentés au public américain vingt-quatre sculptures (bronzes et plâtres), vingt et un dessins et six peintures. Les œuvres sont expédiées par bateau : elles embarquent à bord du croiseur *De Grasse*. Parmi les sculptures, *L'Homme qui marche* et *L'Homme au doigt*, d'une hauteur de 176,5 centimètres. Cet autre homme se tient campé sur ses deux pieds, un bras levé, l'autre tendu, le doigt pointé, sur le côté. Le 13 octobre, Pierre Matisse lui écrit : « *L'Homme qui pointe* est très beau comme du reste *L'Homme qui marche.* »

Dans les dernières lignes d'une lettre à Pierre Matisse datée de septembre 1947, Giacometti note : « Hier, j'ai regardé *L'Homme qui marche* dehors et il est beaucoup mieux que dans l'atelier. » La sculpture a bien failli ne pas figurer à l'exposition. Dans une lettre du début du mois d'octobre, Giacometti hésite encore : « Je n'ai pas donné à fondre *L'Homme qui marche*, il était mauvais, il marchait beaucoup trop, tel qu'il est sur la photo que vous avez reçue. Il est mauvais, mais je l'ai recommencé, maintenant il marche pas trop, il est infiniment mieux qu'il n'était.

Que faut-il faire ? L'envoyer en plâtre ? Le faire fondre ? Si je le donne lundi, Rudier me promet de le faire pour la fin du mois. En plâtre il est fragile, faut-il risquer de l'envoyer ? Télégraphiez-moi tout de suite ce qu'il faut faire avec. »

Réponse immédiate du galeriste dans un télégramme daté du 20 octobre 1947 : « OK fonte homme marchant ». L'artiste répond à Matisse : « Rudier baisse les prix [...]. *L'Homme qui marche* est mieux qu'à votre départ et les autres aussi [.]. Quelle vie vous me faites faire ! Il ne pouvait rien arriver de mieux. »

Cette fonte coûte 50 000 francs. La pièce sera vendue 700 dollars, somme sur laquelle Giacometti touchera 300 dollars.

L'initiative de Pierre Matisse de faire fondre de coûteux tirages en bronze satisfait l'artiste, qui lui écrit, le 8 novembre 1947 : « C'est grâce au fait d'avoir fait ces bronzes que j'ai pu faire un très grand pas en avant. Je ne regrette pas d'avoir fait ces bronzes, malgré leurs défauts, ils tiennent [.]. Les tirages ont bien évidemment été numérotés, et chaque exemplaire est considéré comme une œuvre originale. »

Dans un courrier du 31 octobre 1947 à Giacometti, Pierre Matisse, commanditaire auprès de la fonderie Rudier, signale : « Ne pas oublier de numéroter les épreuves de 1 à 8, qui, ainsi que nous en sommes convenus, est le nombre de l'édition. Si vous pensez qu'il serait préférable de n'en faire que 6, c'est à vous de choisir. De toute façon, vous me réservez les numéros 1 et 2, 3 et 4 de chaque bronze. » Le sculpteur n'est intervenu à aucun stade dans le processus de fonte.

L'exposition s'ouvre donc le 19 janvier 1948 en l'absence de l'artiste. Elle est plutôt bien accueillie par les New-Yorkais. *L'Homme qui marche* n'est pas l'œuvre la plus remarquée, elle est présentée au même titre que les autres sculptures.

Le magazine *Harper's Bazaar* consacre à l'événement quatre pages illustrées de photographies de Brassaï. La réception est immédiate. Le marchand est satisfait et réaliste : « L'exposition plaît énormément et soulève beaucoup de discussions, d'après ce qu'on me rapporte. Les artistes en général l'aiment beaucoup, le public qui est moins sûr de lui ne sait encore pas trop quoi penser [...]. La critique a été idiote et un peu indisposée par la Préface de Sartre : ce genre d'agilité mentale les prend au dépourvu. »

Près de quatre ans plus tard, le 12 novembre 1961, dans une lettre adressée à Alberto Giacometti, Pierre Matisse revient sur la question de son public, celui qu'il s'est acquis lors de son exposition et celui qu'il a laissé de marbre : « Ceux qui sont venus tout en premier, à l'exposition de 48, [ce sont] les artistes miteux de Greenvitch *[sic]* Village, les petits juifs de Brooklyn, les architectes, ceux qui écrivent et même les snobs qui avaient marché tout simplement, sans chercher midi à quatorze heures et qui avaient été les premiers à acheter tes bronzes ! Les autres, les durs, ceux dont la cervelle éclatent d'intelligence et qui n'ont pas encore consenti à donner leur dernier mot, la consécration finale, ceux-là sont plus tentants, je m'en rends compte, le jeu est plus amusant de chercher à les conquérir. »

Plusieurs critiques d'art rendent compte de l'exposition. Dans un article titré « Attenuated Beauty », dans *Art Digest* en date du 1er février 1948, Jo Gibbs écrit : « Au premier regard, on croit voir des évadés de Dachau, mais rapidement, ces statues s'avèrent l'incarnation chancelante et insaisissable de la grâce, de la dignité et du mouvement silencieux. » Un journaliste de *ART News*, Thomas B. Hess, proclame : « C'est là une des expositions de sculpture moderne les plus novatrices et les plus excitantes que nous, critiques, ayons jamais vues. »

De cette année 1947, durant laquelle les pièces majeures de son œuvre sont nées, destinées à cette première présentation new-yorkaise, Giacometti tire un enseignement et presque une assurance, comme il le formule au lendemain de la fermeture de l'exposition, le 16 février 1948, dans un courrier à Pierre Matisse : « J'ai fini par comprendre un peu, je crois, cette histoire de grand et de petit, près et loin, de rapport avec la réalité qui me crétinise, plutôt qui me poursuit depuis des années. »

Dans une autre lettre, toujours à son marchand, ce constat et cette décision : « Je n'aurai plus besoin de détruire. »

Ce succès outre-Atlantique lui offre une plus grande visibilité en France. Elle lui ouvre même les portes de la reconnaissance. Quand il expose, en 1951, ses œuvres à la galerie Maeght, avenue de Messine, à Paris, Giacometti est encore tout auréolé de son succès américain, l'écho et l'impact n'en sont que plus grands. D'autant que la Kunsthalle de Bâle a présenté sa première rétrospective l'année précédente.

La célébrité ne change pas l'homme, immense travailleur, qui ne quitte guère son atelier de Montparnasse. Il sculpte, peint et dessine énormément. Le dessin, un exercice, une étape, mieux, une respiration essentielle et indispensable, est devenu un art à part entière pour Giacometti.

Le dessin avant toute chose

« On n'entre pas dans la couleur comme dans un moulin », répétait Henri Matisse. Il lui fallait l'exercice quotidien du dessin, qu'il maîtrisait mieux que n'importe lequel de ses contemporains – ses feuilles atterrissaient dans la corbeille à papier –, avant de se lancer à l'assaut d'une toile.

Quand, en 1954, peu de temps avant la mort du maître de Cimiez, Giacometti, venu réaliser son portrait, s'accusa, comme toujours, de ne pas savoir dessiner, Matisse lui répondit d'un trait radical : « Personne ne peut dessiner. »

Pour Giacometti, le dessin est l'étape indispensable, celle qui lui permet de dégager l'invisible. Dessiner une forme, un contour, c'est désigner. Désigner. Désigner tout ce qui ne se voit pas.

Avant d'atteindre la représentation de *L'Homme qui marche*, Alberto Giacometti en passe par le dessin : « Aucune différence entre la sculpture et la peinture. Je pratique indifféremment les deux, l'une m'aidant pour l'autre. D'ailleurs, les deux, c'est du dessin et le dessin m'a aidé à voir. Le dessin, c'est la base de tout », ne cesse-t-il de répéter à ses visiteurs.

L'artiste de l'atelier de la rue Hippolyte-Maindron a longuement médité son art, qu'il déroule d'une façon logique. Il y a du sage en lui. Sa force est son intégrité. Il suit sa voie propre, sans jamais céder à la tentation qui pourrait être grande et qui vient à d'autres, de rivaliser avec les contemporains – Picasso le premier, la grande référence de tous les compétiteurs. S'il rivalise, c'est avec d'autres, avec les maîtres du passé. Ses sources sont lointaines.

Comme son aîné Matisse, c'est par le dessin que Giacometti cherche à parvenir à la maîtrise de son art et à la réalisation de ses intentions : la mise en espace de ses figures. Dans une lettre à son marchand new-yorkais, il dit ce qu'il doit à l'effort toujours renouvelé de mettre en forme ce qu'il voit : « Tout ceci changea un peu, en 1945, par le dessin. »

Face à un modèle, reprendre et reprendre ses crayonnés pour tenter de dégager l'expression du visage et sa part invisible, c'est-à-dire découvrir l'impossible : opérer la synthèse de la présence. Il ressasse incessamment qu'il n'y parvient pas. Combien de fois a-t-il répété : « Je ne sais rien faire ! Rien ! Je vais tout foutre en l'air ! » ? Malgré ses efforts, l'empêchement l'habite. Depuis ses débuts perdure un sentiment d'échec qui ne l'abandonne jamais.

Avant même qu'il n'entreprenne une œuvre, il la considère comme un échec. À l'attaque d'un portrait, il crie son espoir et son désespoir, qui se combattent en lui, « au risque de vous écraser ». La force de Giacometti, l'une de ses forces majeures, est son sens aigu de l'observation. Mais, justement, son art est fondé sur ce paradoxe : il ne parvient jamais tout à fait à traduire sur la feuille l'acuité de sa perception. La souffrance naît de là, équivalente au plaisir puissant de perception. Exprimer l'inexprimable, inventer en une seule image l'intériorité et la souffrance d'un être, exprimer son mode d'être, présent et absent déjà, ou l'inverse : comment réussir à donner à voir tout cela ensemble, ce qui semble impossible ? Il n'y a pas de remède à celui qui ne renonce pas, sinon le travail. On comprend l'humilité de l'artiste.

C'est dans la rue, aux terrasses des cafés, dans son quartier de Montparnasse, qu'il aime flâner, observer, se tenir à l'affût. Un geste, un sourire, une allure, une façon de marcher font son bonheur. Il saisit, en témoin, à la volée, à l'aide d'une mine de plomb ou même d'un stylo à bille, ce qui survient, une silhouette, un visage. Au dos d'une enveloppe, sur la couverture d'une revue ou la une d'un journal, dessiner, donc, d'après le personnage vivant, dans l'élan qui transcende. Le dessin et sa légèreté, sa « non-pesanteur », sa grâce, sa liberté. Ce que capte l'artiste n'est pas tant la présence de son modèle que son absence certaine, sa disparition inexorable, l'instant d'après. l'évanescence qui échappe à l'œil du commun des mortels.

Que cherche Giacometti ? Montrer ce qui ne se voit pas, le visage d'en dessous. Lire à travers le portrait l'homme entier : « Jamais je n'arriverai à mettre dans un portrait toute la force qu'il y a dans une tête. Le seul fait de vivre, ça exige déjà une telle volonté et une telle énergie. »

Giacometti fait traverser l'abîme à ses modèles, sonde l'insondable, ne cesse de creuser les rides du temps : creuser l'espace pour construire la figure qui crée l'espace. Ainsi, le corps dépouillé restitue l'être, sa solitude, son incommensurabilité. Ainsi, finit par apparaître dans les vibrations du trait, dans ces entrelacs inlassablement répétés et répétés, dans la frénésie qui semble s'être emparée de sa main, un état qui se situerait entre l'apparence et l'intériorité du modèle, et sans doute l'intériorité de l'artiste lui-même qui interfère. L'une et l'autre se font écho, et c'est dans cet espace inconnu que se situe la ressemblance. Des profondeurs de l'inconnu, grâce au dessin, l'artiste réussit à dégager la présence originelle de l'être.

Entre 1946 et 1949, Giacometti consacre cinq portraits à Jean-Paul Sartre. Lors d'une séance, observant le visage de son modèle, il s'exclame : « Quelle densité, quelles lignes de force ! » Étonnement du philosophe, qui trouve son visage « flasque, comme tout le monde ». Dans « Les Peintures de Giacometti », dans le numéro 65 de la revue *Derrière le miroir*, en mai 1954, il écrit : « Vous ne trouverez jamais de contour : rien que du plein. La ligne est un commencement de négation, le passage de l'être au non-être. [.] Voyez comme il [le contour] représente des relations intimes de l'être à lui-même. » L'artiste et le philosophe se rejoignent dans une même réflexion autour de la confrontation du plein et du vide, de ce travail par le négatif, de ce paradoxe dont *L'Homme qui marche* est l'illustration : un squelette en chair.

Après cette traversée de l'abîme viendra, quand elle vient, la sculpture. Ce passage par le dessin est une nécessité, qui permet à l'artiste de fixer d'un trait à l'autre une expression, un mouvement, toujours dans ce but : rendre la personne vivante.

Giacometti médite sur le mystère de l'être, celui du mouvement corporel. Il casse les postures figées, académiques, celles enseignées à l'Académie Bourdelle. Il travaille l'homme dans son ensemble, lui donne de la vie, exprime sa pensée : marcher, c'est merveilleux, marcher, c'est être.

Giacometti prend conscience en 1945 que son art est en mutation quand il concentre son travail non sur les traits mais sur la tension. Ses dessins d'hommes debout, en mouvement, qu'il crayonne à cette période, le montrent. Quelques lignes de force lui suffisent à saisir l'équilibre physique d'un être qui se tient debout. Une manière, à lui, de dire combien le corps dégage l'idée de la présence, combien cette tension remonte vers la tête.

Sa sculpture même est dessin : « Qu'il s'agisse ou non de sculpture ou de peinture, il n'y a que le dessin qui compte. Il faut s'accrocher uniquement, exclusivement au dessin. Si on dominait un peu le dessin, tout le reste serait possible », confie-t-il au critique d'art Georges Charbonnier le 3 mars 1951.

Tout débute par des crayonnés de corps « actifs », tels ces personnages qui se meuvent sur une place (1947-1950). Giacometti fait vivre la page, son trait vibre sur la blancheur de la feuille, il met en scène l'espace, le théâtralise, le divise et l'occupe avec des silhouettes verticales travaillées à l'économie. Quelques lignes lui suffisent à installer la perspective et à donner du mouvement. Ainsi, il fabrique de l'espace. En quelques coups de crayon, une présence et une énergie se dégagent. Les personnages semblent indifférents les uns aux autres, isolés, englués dans leur solitude, ne communiquant aucunement. Ils sont le fruit de ses observations, il se reconnaît lui-même en eux : « J'ai l'impression d'être un personnage vague, un peu flou, mal situé », note-t-il dans ses *Ecrits*, en septembre 1963.

Depuis son retour à Paris, à la fin de la guerre, Giacometti a modifié ses techniques. Il travaille le plâtre du bout de ses doigts, il pratique intensément le dessin, étape préparatoire nécessaire. Durant l'année 1947 – est-ce la motivation de l'exposition à New York ? –, son œuvre prend une ampleur sans égale.

Avant de réaliser, en plâtre, ses statues actives, il multiplie les esquisses, les dessins, les études. Il ne cesse de représenter des hommes debout, qui se déplacent (La *Place*, 1947-1948), ou des hommes immobiles, seuls ou en groupe (La *Clairière*, 1950 ; *La Forêt*, 1950), des hommes en mouvement « qui marchent sous la pluie » ou « traversant une place ensoleillée ». Leurs silhouettes se déplacent, comme perdues et enveloppées dans une brume, comme si elles ne connaissaient pas leur destination. Ses figures, essentiellement masculines, situent l'homme dans un déplacement continuel, faisant face à un néant qui le menace.

Dans une de ses sculptures intitulées *La Place II* (1947-1948), des hommes donnent l'impression qu'ils vont se croiser sans vraiment se rencontrer, comme s'ils s'ignoraient, dans un cadre que l'on suppose urbain, faisant abstraction du milieu que le vide fait ressentir. Giacometti veut-il faire surgir l'être, l'acte d'être du vide ?

Trois hommes qui marchent (1948) met en situation des personnages qui avancent dans l'ignorance les uns des autres. L'artiste met en scène le drame de la solitude avec un sens théâtral. Il laisse au regardeur imaginer, peupler les vides. Que cherche-t-il ? À inscrire le mouvement dans l'immobilité, c'est son défi.

Dès 1946, Giacometti a multiplié les variations sur la figure debout. Dans un dessin de 1951 intitulé *Figures debout*, comme dans d'autres études antérieures, tel cet *Homme debout aux bras écartés* (1949), par la légèreté du dessin il cherche à saisir l'équilibre, le corps et son énergie, sa présence. C'est dans cet état d'esprit que l'artiste aborde son sujet essentiel : l'homme. Et il dessinera, il peindra, il sculptera un individu dénué de tout, à qui il insuffle la précarité de la vie.

Chez Giacometti, on ne peut dissocier les trois activités, dessiner, peindre et sculpter, élevées au plus haut niveau. Ces disciplines pratiquées parallèlement se complètent et se nourrissent, ne faisant qu'un tout homogène. C'est bien là le signe des plus grands, et comme tout grand artiste, il a su puiser ses sources et ses centres d'intérêt chez ses aînés.

La mémoire en creux

Les racines, les sources, les influences de l'art de Giacometti sont indissociables et valent pour la majeure partie de son œuvre. Avant que son style, reconnaissable entre tous, ne s'établisse, après son retour à Paris en 1945, l'artiste s'est nourri des civilisations anciennes, l'égyptienne et l'étrusque, mais aussi des grands maîtres de la peinture italienne. Ceux de Venise et Padoue d'abord. Venise où l'entraîne son père Giovanni, en 1920, peintre reconnu, membre de la Commission fédérale des beaux-arts, lors d'une inspection à la Biennale. Cette Italie où les mosaïques, les fresques, les peintures, les statues incarnent le sacré.

En Vénétie, Alberto laisse de côté Titien et Véronèse, pour qui il n'a « qu'hostilité et antipathie... », et voue une passion à Tintoret : il éprouve pour lui « une affection intense et de l'amour ». Un mois durant, il parcourt la ville à la recherche de la moindre toile trop discrètement accrochée.

Pourquoi le Tintoret plutôt que son maître le Titien ? Et pourquoi ignorer Titien, le maître de tous les Vénitiens, le « luministe » par excellence, l'équilibriste de somptueuses masses de couleur ? Pourquoi préférer la lumière rase, décolorante, enveloppant les figures de brusques contrastes, plutôt que l'alchimie chromatique et l'amplification de la couleur ?

On trouve une réponse succincte dans ses *Ecrits* : « Tintoret était pour moi une découverte merveilleuse, c'était un rideau ouvert sur un monde nouveau et qui était le reflet même du monde réel qui m'entourait [...]. Tintoret avait raison et les autres avaient tort. » On peut comprendre que celui qui réalisera des petites têtes fût attiré par celle, infime, du Christ assis tout au bout de la longue table des *Noces de Cana* (1561), dans la sacristie de l'église Santa Maria della Salute. Tintoret est aussi le peintre qui, dans *Le Miracle de l'esclave* (1548), force l'espace, bouscule la perspective, joue des clairs-obscurs pour mettre en relief les personnages. Tintoret et ses véhémences d'ombre et de clarté, ses pluies de lumière, son sens dramatique, ses compositions obliques : ce sont ces leçons que retient Giacometti lors de ses visites à l'Accademia.

Sous l'influence vénitienne, Giacometti dessine, peint, copie les grands maniéristes. Et on peut être étonné que son style dépouillé ait surgi d'un art raffiné et sophistiqué, chargé de symbolique, d'une palette aux tonalités acides et crues, bref, tout à l'opposé de son travail.

Le jeune Giacometti s'exerce pour mieux voir, son regard est aussi aimanté par les primitifs, Cimabue et Giotto d'abord. Du premier, génie de la peinture toscane, il apprécie la verticalité, la dignité des saints hiératiques, qui laisse toutefois passer l'émotion. Dès qu'il quitte Venise pour Padoue, il reçoit un deuxième choc devant les fresques de Giotto, dans l'église de l'Arena. « Désorienté » et même « perdu », il découvre une nouvelle conception du monde. Les Tintoret deviennent « vagues et flottants », mais il ne se résout pas pour autant à les lâcher. Pourquoi oublier l'un pour l'autre ? Qu'est-ce qui l'empêcherait d'admirer les deux peintres ? Pourquoi renier le Tintoret et sa représentation de l'être que Dieu a fait à son image ?

L'art de Giotto, c'est l'immédiateté de la réalité humaine, dans un monde ordonné. Giotto s'empare de tout l'être humain. De lui, Giacometti retient la grandeur et la force de ses personnages figés dans des attitudes solennelles. De la chapelle Scrovegni de Padoue, où des personnages de taille humaine illustrent en quatorze tableaux les vertus et les vices, Giacometti s'attache à la verticalité et à l'unité de la construction, la vivacité expressive, le langage des physionomies, la sobriété et l'ordre du décor, le dessin raffiné. Et surtout le style sculptural de ces fresques. Giacometti se souvient de leur effet sur lui, il a à peine vingt ans : « J'éprouvais immédiatement une peine immense et un grand chagrin. Le coup de poing atteignait aussi le Tintoret. La force de Giotto s'imposait irrésistiblement, j'étais écrasé par ses figures immuables, denses comme du basalte, avec leurs gestes précis et justes, lourds d'expression et souvent de tendresse infinie, comme dans la main de Marie touchant le Christ mort. »

C'est cette immédiateté rendue par Giotto de la réalité humaine, par-delà les contingences de l'existence, qui parle au jeune Alberto.

Son périple italien le mena-t-il à Volterra ? Nul ne le sait, mais on peut le penser. A-t-il fait un crochet par le palazzo Maffei où dorment les statuettes votives étrusques ? Au musée Guarnacci, on peut admirer en particulier l'une d'entre elles, baptisée *Ombra della sera* (350-300 av. J.-C.) par Gabriele D'Annunzio, parce que le poète aurait trouvé l'inspiration un soir d'été, lorsque le soleil couchant allonge les silhouettes. La ligne filiforme et fluide de la statuette n'est pas sans parenté avec celle d'un personnage de Giacometti. Le créateur de *L'Homme qui marche* verra l'exposition consacrée aux Étrusques au musée du Louvre, en 1955, où elle figure mais, dans les années 1950, son style est déjà bien établi. Sans doute y décèle-t-il une parenté avec son travail. On retrouvera dans l'atelier d'Alberto, après sa disparition, un livre consacré à l'art étrusque dans lequel il avait esquissé au crayon, sur la page d'une carte géographique, des petits hommes qui marchent entre l'Étrurie historique et le territoire actuel de la Suisse, comme pour signifier un lien d'origine et d'appartenance. Les Étrusques peignaient, déjà, aussi, des chevaux en bleu, bien avant les expressionnistes allemands du mouvement Der Blaue Reiter, le « Cavalier bleu »...

Une fois installé à Paris, à partir de 1922, Giacometti poursuit au Louvre son dialogue avec les maîtres italiens : les primitifs, les maniéristes, les Toscans, les Vénitiens. Il copie. Inlassablement. « Je questionnais intensément, longuement, chaque œuvre à tour de rôle. J'ai à peu près tout copié ce qu'on a fait depuis toujours pour aiguiser son regard. En essayant de copier on voit mieux la chose », déclare-t-il à Pierre Schneider dans *Les Dialogues du Louvre.* L'artiste interroge les tableaux de maîtres et les pièces archéologiques. Il a ses préférences : la Chaldée, le Fayoum, Byzance...

Mieux voir : Giacometti considère l'art comme une école du regard. Le sien, jeté sur une œuvre, est obstiné, pénétrant, inquisiteur. Quand, dans son atelier, il s'inspire du moulage de la tête de Gudea, cette statue de la période néo-sumérienne

(Mésopotamie vers 2 120 avant J.-C.) lui révèle sa construction à facettes. Quand il reprend le célèbre *Portrait d'Innocent X*, il comprend la valeur de la composition chez Vélasquez. En Cézanne, il voit le rapport de la peinture avec les rudiments propres à la sculpture. Mais c'est sans doute l'Égypte qui lui apporte le plus de révélations, tant en peinture qu'en sculpture.

Que cherche-t-il exactement ? Il fait des rapprochements, trouve des parentés entre les œuvres dans leur structure, leur composition. « Ce qui me touche, c'est la sensibilité extrême du sculpteur qui [...] a réalisé [cette sculpture] et qui me communique la vision qu'il pouvait avoir, sa connaissance de la réalité. » Il copie depuis sa plus lointaine enfance pour découvrir la logique, la vision à l'œuvre : c'est dans cet exercice constant qu'il s'accomplit. Les copies crayonnées, plus ou moins abouties, esquissées sur les couvertures ou sur les pages de livres et de revues, en témoignent. Dans la revue *Labyrinthe*, l'éditeur suisse Albert Skira publie, à plusieurs reprises, entre 1944 et 1946, des copies de Giacometti d'après un bas-relief égyptien, une figure grecque ou un portrait d'André Derain. L'artiste, qui affirme « avoir tout le Louvre dans la tête, salle par salle, tableau par tableau », n'a, sa vie durant, jamais cessé de copier : Durer comme Rembrandt, Chardin comme Vélasquez, Cézanne comme Matisse, Rubens comme Michel-Ange. En faire l'inventaire serait fastidieux. Aux grands maîtres, il en vient toutefois à préférer les sculptures égyptiennes, sumériennes, byzantines, qui font écho à son art. Surtout l'Égypte donc, dont il hisse l'art au-dessus des autres.

Le livre *Die Plastik Agypter* de l'historienne Hedwig Fechheimer, paru à Berlin en 1914, ne le quitte pas depuis sa jeunesse : il ne cesse de l'annoter. L'intention des Égyptiens n'est-elle pas de vouloir ressusciter la vie dans la mort ? Le plâtre original, découpé en plusieurs morceaux (buste, bras, jambes), de *L'Homme qui marche II*, conservé à la Fondation Annette et Alberto Giacometti, présente des couleurs ocre qui donnent l'impression que ses fragments sortent de terre, qu'ils ont été exhumés de la vallée du Nil. Il est marqué comme par des meurtrissures. La petite tête et les membres desséchés, recouverts de calcaire peint, ressemblent à une momie.

Certaines œuvres de Giacometti renvoient explicitement à l'art égyptien. Il y a ce *Chariot* (1950) qui met en scène une femme-déesse nue, au port hiératique, corps élancé, taille fine, les bras écartés, dressée sur la plateforme d'un chariot à grandes roues. À son sujet, l'artiste confie à Pierre Schneider, dans un article titré « Ma longue marche » *(L'Express*, 1961), qu'il conçoit la femme en tant que mère autant qu'objet de désir.

Il la représente comme une idole, figure de proue et conquérante intrépide. Il dit que les hommes, qu'il imagine toujours en marche, ne font jamais que tourner autour d'une femme immobile. Si son œuvre rappelle le *Chariot de Delphes*, sur lequel se tient un personnage masculin, bras en avant, il est surtout à rapprocher du char de procession dit *Chariot de Thèbes* (1504-1450 avant J.-C.), que l'artiste aurait admiré lors d'une exposition, à Florence, en 1920.

Une autre de ses œuvres (de 1950 également) fait aussi directement allusion à l'Égypte : *Quatre femmes sur un socle*. Celles-ci s'élèvent, minces et fines, au-dessus d'une épaisse base, les bras le long du corps. À suivre les explications de l'artiste, seraient représentées les filles nues du *Sphinx*, maison close du boulevard Quinet, ou plutôt celles d'une autre maison de passe, rue de l'Échaudé, qu'il fréquenta jusqu'à sa fermeture en 1946, fasciné par celles qu'il jugeait « toutes proches et menaçantes » – ces prostituées qui l'attiraient et le révulsaient tout à la fois –, mais la référence à l'art égyptien est évidente dans cette sculpture.

Dans une vitrine du musée égyptien de Turin s'alignent cinq figures de femmes nues, les bras collés au corps, les jambes jointes, les pieds sur le même plan. Ces terres cuites peintes, de l'ère hellénistique, ont été nommées « Les concubines du défunt », autre manière de désigner les pensionnaires du *Sphinx* et leurs consœurs de tous les temps. Elles sont recouvertes du blanc de la mort ou tachées de rouge sang, teintes qu'emploie l'artiste périodiquement, et ce, jusqu'à la fin de son œuvre.

Sa vie durant, Giacometti se pose le problème de ce que l'on voit par rapport à ce que l'on sait. Dans l'extrême jeunesse du monde, entre 18 000 et 10 000 ans avant notre ère, pour la première fois, il vint à l'homme l'idée de représenter un être humain dans une roche. De faire jaillir un homme d'un bloc de pierre. Ce sera l'une des préoccupations humaines fondamentales : l'homme représente l'homme. Quand cette préoccupation devient la question majeure de Giacometti, ses contemporains, artistes de l'après-guerre comme lui, ont délaissé l'affaire pour l'abstraction ; ils suivent les lois du marché de l'art alors dominé par l'École de New York.

Giacometti, lui, est en dehors des tendances, il poursuit son questionnement, dans la lignée des grands maîtres. Il veut figurer de l'homme ce qui lui échappe.

En 1959, des œuvres de Giacometti sont présentées dans l'exposition du MoMA, à New York, « New Images of Man », qui regroupe vingt-trois artistes américains et européens. Comme on lui demandait quelles étaient ses intentions artistiques par rapport à la représentation de l'homme, il déclara : « Par cette question, vous mettez tout en cause, alors comment y répondre ? », avant de poursuivre : « Depuis toujours, la sculpture, la peinture, le dessin étaient pour moi des moyens pour me rendre compte de ma vision du monde extérieur et surtout du visage et de l'ensemble de l'être humain ou, plus simplement dit, de mes semblables et surtout de ceux qui me sont les plus proches, pour un motif ou l'autre. »

L'homme sans vanité

La photographie de Cartier-Bresson montrant Alberto sortant sous l'averse, son imperméable relevé par-dessus la tête – on devine ses épaules voûtées dessous –, dit tout ou presque de Giacometti. On y perçoit l'homme modeste, à l'opposé d'un Picasso souvent triomphant. Sous la légèreté du feuillage des acacias de la rue d'Alésia, son quartier, il a l'air d'un survivant. Cette silhouette, désormais célèbre, dit un homme accablé, sous le joug de la nécessité d'atteindre l'absolu, soumis à une tâche impossible. Elle dit l'artiste rongé par le sentiment d'échec. Et son apparence, son dénuement extérieur font corps avec son œuvre.

L'Homme qui marche, qui se hâte, la poitrine creuse, c'est bien lui, un homme sans vanité. Il est sa sculpture de 1947, celle qui est née sous la pression de ses doigts. Il l'a reconnue, il s'est reconnu en elle. Il avance, toujours penché vers l'avant, d'un pas décidé mais tout de même mesuré.

L'Homme qui marche progresse au-dessus d'une base nue et lisse, lourde et élevée, une sorte de sarcophage. Ses pieds s'amarrent au sol comme un empêchement. L'énergie et la dynamique se concentrent dans le haut du corps et dans les bras qui, dans leur mouvement, jouent le rôle de balancier. Alors pourquoi des socles si lourds ? Pour mieux situer l'homme dans l'espace, pour le lester, face à la menace du néant. Il est un homme perdu en quelque sorte, mais qui poursuit sa marche, coûte que coûte, et se battra jusqu'au bout. C'est l'homme confronté à sa difficulté d'être, mais aussi l'artiste affrontant son impossibilité, ses doutes, ses déchirements, l'échec, mais aussi suivant son désir acharné de comprendre : celui qui inlassablement reprend ses ébauches ; celui qui, de 1935 à 1947, jusqu'à son *Homme qui marche* justement, détruit tout ou presque de ce qu'il crée. « Je n'ai pas – à bien peu de choses près – pu laisser subsister une seule œuvre. [...] Tout cela m'accablait. » Seules quelques-unes, des peintures, des petits bustes, réchappent du massacre et témoignent de la nouvelle manière de l'artiste, celle qui s'impose avec *L'Homme qui marche.*

Mais revenons aux pieds de la sculpture aussi étranges que lourds – Jean Genet dit « fabuleux » –, aussi difformes que des pieds bots. Oui, ils dérangent et inquiètent, ils fascinent, ces pieds rocheux. Ils envoûtent. Ce sont eux qui donnent de l'étrangeté au personnage et lui enlèvent toute légèreté. Jean Genet, encore, dans *L'Atelier de Giacometti* : « Il semble ici que Giacometti – et qu'il me pardonne ! – observe un rituel intime selon lequel il donnera à la statue une base autoritaire, terrienne, féodale. »

L'Homme qui marche intrigue. Plus on le regarde, plus il intrigue. Il faut s'approcher de lui, puis reculer, prendre du champ. Il reste toujours à hauteur d'homme et semble toujours en mouvement. Là aussi réside sa force, sa présence. L'art de Giacometti se tient là, dans ces proportions d'une grande justesse. C'est l'œuvre qui commande le regard et non le contraire. Et c'est encore elle qui impose sa propre échelle et sa charge d'une réalité vivante.

La mise en espace chez Giacometti est capitale, comme les effets de cadre le sont dans ses peintures. Il trace un cadre linéaire autour de son sujet pour donner une proportion à la figure dans son environnement. Ce cadre, cette marge, repousse le vide et délimite le sujet dans l'espace.

À la question posée en 1964 : « Qu'est-ce donc que l'espace en tant qu'espace ? », au sujet du travail d'un des grands sculpteurs allemands, Bernhardt Heiliger (1915-1995), Heidegger répond : « *Der Raum räumt* ». L'espace espace. « Espacer » signifie essarter, dégager, donner du champ libre, de l'ouverture. Puis le philosophe précise : l'homme ne *fait* pas l'espace ; l'espace n'est *pas rien qu'un* mode *subjectif de* l'intuition ; mais il n'est pas non plus quelque chose d'objectif comme objet. Au contraire, l'espace, pour espacer en tant qu'espace, requiert l'homme.

Ces propos, repris dans *Remarques sur art-sculpture-espace*, valent pour nombre d'œuvres sculptées au XXe siècle, mais ils s'appliquent idéalement au travail d'Alberto Giacometti, mieux encore qu'à celui du sculpteur allemand, à l'aspect « informel organique » : « Qu'est-ce qu'un corps ? L'homme n'a pas un corps et n'est pas un corps *(Körper)*, mais vit son corps *(Leib)*. L'homme vit *(lebt)* tandis qu'il corpore *(leibt)* et est ainsi admis dans l'ouvert de l'espace et, par cette admission, séjourne déjà par avance en rapport avec ses prochains et avec les choses. »

On ne peut que regretter qu'une rencontre entre le philosophe allemand et Giacometti n'ait pas eu lieu. Celui-ci avait-il connaissance de ses textes ? Les mots de Martin Heidegger décrivent le corps étiré dans l'espace de *L'Homme qui marche.*

Marcher, c'est être

Il faut aimer le monde pour le parcourir, être comblé par ce que l'on enjambe, avancer et savoir s'arrêter pour apprécier ce que l'on voit, et repartir. Toujours avancer. Y a-t-il encore des pays enchantés où mèneraient nos pas d'errance ?

L'homme vient sur terre malgré lui. Ne pas oublier cela. Cette naissance qui nous échappe et cet homme qui marche comme un fugitif. Quelle voix le guide ? Quelle rumeur d'orchestre nous attire ?

Une fois né, il faut bien se résoudre à avancer, se trouver une ligne de mire, un horizon vers lequel se diriger. Quitter son lieu, ses racines, oublier le désarroi qui nous anime. Marcher est bien une délivrance. Défier la pesanteur tout en lui restant soumise. Marcher, c'est être, c'est exister, c'est penser.

Bien sûr vient la phrase de Friedrich Nietzsche, le philosophe qui respirait l'air mordant de la

Haute-Engadine : « Les grandes pensées ne nous viennent qu'en marchant. » Et même de soutenir : « Seules les pensées qu'on a en marchant valent quelque chose. »

En chaque pas, il y a de l'espérance, un sentiment de liberté. Que poursuit-on lorsque l'on se déplace sur ses deux jambes ?

Le monde s'ouvre à soi comme à nul autre. Il y a l'orgueil de l'homme seul : celui qui pense en marchant, celui qui organise le monde autour de lui, l'individu comme solitude collective.

L'artiste avance petit à petit, avance sans parvenir à ses fins. Il cherche à agencer avec l'agilité de ses mains expertes, trouver la veine, la voie. Il est celui qui modèle la glaise, le long d'une tige de fer, et recommence, et recommence encore. « Il faut charger de vie chaque parcelle de matière », dit Alberto Giacometti. Rien ne semble devoir l'arrêter. La lumière du jour peut-être y réussirait, ou la fatigue sous l'ampoule électrique. Comme celui qui bricole avec des mots, des phrases, des séquences, pour repousser plus loin l'échéance, pour résister le plus longtemps, avant de glisser dans le sommeil.

L'artiste, *L'Homme qui marche*, c'est Alberto Giacometti : il est la représentation même de sa quête incessante, habité par le doute et le sentiment d'échec. « Je ne fais qu'en défaisant », répète le sculpteur, à satiété, à ses visiteurs. Et de reconnaître : « Je pense que j'avance tous les jours. Ah ! ça, j'y crois, même si c'est à peine visible. Et de plus en plus, je ne pense pas que j'avance tous les jours, mais que j'avance exactement toutes les heures. »

Le marcheur, c'est bien lui.

Alors que veut faire Alberto Giacometti lorsqu'il entreprend *L'Homme qui marche* ? A-t-il idée d'en faire une série ? Sait-il seulement qu'il déclinera à l'envi ce thème, qu'il y reviendra jusqu'à ses derniers jours, lui qui a délaissé les canons de l'esthétique grecque et passe son temps à chercher ? Lui qui qualifie son entreprise d'absurde et d'impossible, lui qui souhaiterait atteindre l'extrême simplicité des Néo-Hébridais, ces artistes qui travaillent des bois périssables, comme la fougère arborescente, et laissent leur sculpture s'exprimer dans les intempéries, jusqu'à la décomposition, jusqu'à la disparition complète. Mais Giacometti, lui, ne laisse pas de place au hasard. La précision pour obsession, celle de ne jamais aboutir une œuvre. Il décide de « s'en tenir à ce qui est le propre de l'homme : être debout, marcher en mouvant ses deux jambes l'une après l'autre ».

Le sens premier du verbe « marcher », en ancien français, est « fouler aux pieds ». Le sens second, qui s'en approche le plus, est celui de « mettre le pied sur ». Ne dit-on pas : marcher dans les pas de quelqu'un ? Un sens peu éloigné des origines franciques du mot *markôn* : « marquer », « imprimer ». Comme si *L'Homme qui marche* était la pure illustration de cette étymologie.

La mort, c'est donc ça

Giacometti a vingt ans et il fait ce que l'on nommait au XIXe siècle le *Grand Tour*. Après l'été 1921, il voyage vers le sud de l'Italie. À Rome, le baroque le fascine. Il dessine, peint des paysages dans un genre « pointilliste », note Yves Bonnefoy. Depuis Rome, il poursuit son périple italien jusqu'à Naples, Paestum et Pompéi. Le futurisme, le cubisme ont déjà fait leur révolution. Dada aiguise ses flèches, mais lui tourne le dos au modernisme, préférant les Anciens et même les antiques. Il s'émerveille devant l'histoire, n'étanche pas sa soif de savoir, lit Eschyle et Sophocle qui l'inspirent.

Dans le train qui le mène à Pompéi, il fait la connaissance d'un vieux monsieur qui, comme lui, visite les hauts lieux de l'art italien. Il sympathise avec Van Meurs – c'est son nom –, bibliothécaire à La Haye. Quelques mois plus tard, retourné dans le chalet familial en rondins de bois à Stampa, il reçoit un message d'un cousin de Rome, Antonio. Une annonce a paru dans un journal, ainsi formulée : « Van M. souhaiterait retrouver la trace du jeune homme auquel il avait parlé dans le train. » Vieux, seul, le bibliothécaire désirait que le jeune Alberto l'accompagne pour un nouveau voyage italien. Ça ne pouvait mieux tomber. « J'avais très envie de retourner à Venise, j'étais pauvre, il payait », résumera Giacometti.

Les deux hommes se retrouvent. Lors d'une première étape montagnarde, au Tyrol, sous les premières neiges, le vieil homme prend froid. Le lendemain, Van Meurs, accablé de douleur, se tape la tête contre les murs ; Alberto reste à son chevet, à lui lire une étude de Maupassant sur Flaubert. Dans l'après-midi, ses maux empirent. Giacometti voit son nez s'allonger – ce qui donnera plus tard, en 1947, la fameuse sculpture dans sa cage, *Le Nez*, exagéré jusqu'à l'épouvante. Le soir, son compagnon de voyage meurt.

Choqué, Giacometti part tout de même pour Venise ; il veut y « boire des cafés et courir les filles », dira-t-il. Il en oublie le Tintoret.

Cette expérience première de la mort se répercutera, élargissant dans l'existence de Giacometti ses ondes et ses échos. Elle le poursuivra et demeurera une des causes de son angoisse devant l'énigme de la vie.

Au critique Jean Clay, il confie : « La mort, je l'avais toujours imaginée comme une aventure solennelle. Ce n'était donc que cela, nul, dérisoire, absurde. » Et il ajoute : « Il y avait eu tant de hasard, la rencontre, le train, l'annonce. »

Il revient encore sur cet épisode de sa jeunesse dans ses *Ecrits* : « Ma vie a bel et bien basculé ce jour-là. [...] Ce drame, plus j'y pense, c'est à cause de lui que j'ai vécu dans le provisoire, que je n'ai cessé d'avoir horreur de toute possession. [...] Je préfère vivre dans les hôtels, les cafés, les lieux de passage. »

De retour à Stampa, Giacometti délaisse la couleur pour le crayon, il « fait des têtes ». Jamais plus le désarroi ne le quittera.

Dans le numéro 5 de la revue *Le Surréalisme au service de la révolution*, en 1933, Giacometti donne un récit poétique d'ordre autobiographique, « Hier, sables mouvants », fait de souvenirs d'enfance. Il raconte l'agrément et le contentement qu'il éprouvait à se réfugier – il avait entre quatre et sept ans – dans un lieu clos et protégé comme une sorte de tanière. Du monde extérieur, il ne percevait que les objets « utiles à [son] plaisir », avant tout des pierres et des arbres. À quelque huit cents mètres du village de Bornogovo se dressait un monolithe de couleur dorée qui, ouvert à sa base, creusé par l'eau, constituait un abri, une espèce de caverne.

« Je considérais ce monolithe comme une amie », écrira plus tard Alberto.

Avec d'autres enfants, il y passe des matinées et des après-midi entiers. Rien d'autre ne compte que cette pierre et son trou protecteur où il se niche. Le petit chemin qui y mène depuis sa maison est « tel un fil » : « J'étais au comble de la joie quand je pouvais m'accroupir dans la petite caverne du fond. » Un autre jour, il fait la découverte de ce qu'il appellera la « pierre noire », située non loin de sa grotte : il la trouve menaçante et effrayante. À la même époque, il rêve de se creuser un trou dans la neige où il aurait passé l'hiver. L'écolier qui découvrait la géographie se prend de passion pour la Sibérie, « un pays merveilleux », où il s'imagine se tenir bien au chaud au fond d'une isba, qu'il nomme « isab », d'où il pourrait contempler les immenses étendues neigeuses. On comprend mieux pourquoi, adulte, l'artiste s'est réfugié dans l'exiguïté de l'atelier de la rue Hippolyte-Maindron, dégagé de tout superflu : il y passera trente-huit ans de sa vie.

Ces souvenirs marquants, dits à nouveau dans ses *Ecrits*, montrent à quel point ils appartiennent à la structure psychique de Giacometti.

Un accident heureux et une amitié brisée

Faut-il croire aux prémonitions ? Curieusement, un événement qui a un rapport direct avec *L'Homme qui marche* a bouleversé la vie d'Alberto et lui a fait prendre conscience de soi.

En septembre 1938, l'artiste sort nuitamment de chez une amie, place des Pyramides, à Paris. (Il s'agit d'Isabel Rawsthorne, l'un de ses modèles, qui a posé pour un buste, *L'Égyptienne*, en 1936.) Une voiture le bouscule, il tombe. Il a un pied broyé.

Dans l'ambulance qui le conduit à l'hôpital Bichat, il réalise qu'il ne pourra se rendre le lendemain à Zurich, comme il le devait, et, que, ainsi, il va pouvoir retrouver au plus vite Isabel qu'il vient de quitter à contrecœur. Il s'en réjouit.

L'opération lui permet de retrouver l'usage de son pied, mais lui laisse une légère claudication. Ce n'est pas pour lui déplaire.

Dans son roman autobiographique *Les Mots*, Jean-Paul Sartre rapporte l'épisode de l'accident que Giacometti prenait plaisir à raconter à ses proches : « Il y a plus de vingt ans, un soir qu'il traversait la place d'Italie, Giacometti fut renversé par une auto. La jambe tordue, dans l'évanouissement lucide où il était tombé, il ressentait une sorte de joie : «Enfin quelque chose m'arrive!» Je connais son radicalisme : il attendait le pire; cette vie qu'il aimait au point de n'en souhaiter aucune autre, elle était bousculée, brisée peut-être par la stupide violence du hasard : «Donc, se disait-il, je n'étais pas fait pour sculpter, pas même pour vivre; je n'étais fait pour rien.» »

Sartre, qui sait utiliser les miroirs déformants de la littérature, a substitué à la place des Pyramides la place d'Italie, mais là n'est pas l'essentiel. À la lecture, en 1964, de l'ouvrage de Sartre, Giacometti ne décolère pas. Il ne supporte pas le « Je n'étais fait pour rien ». Il n'apprécie pas qu'on parle à sa place, *a fortiori* que ce soit un ami qui le fasse. Le sentiment d'avoir été ridiculisé s'empare de lui. Donc, se répète-t-il, « je n'étais pas fait pour sculpter, pas même pour vivre, je n'étais fait pour rien », selon la formule de Sartre. Giacometti accuse son vieux camarade, celui des longues discussions à la brasserie Lipp, une fois par semaine, d'avoir usurpé sa parole, de l'avoir dépossédé de cette histoire, la sienne, lui qui possède un don particulier pour raconter et aime précisément la raconter, avec ses variations, selon l'auditoire. Ce qu'apprécie Giacometti, c'est justement de donner des variantes d'un même récit, de construire ainsi sa part de mythologie, mais il ne permet pas à d'autres de s'emparer d'épisodes de sa vie pour les déformer et les instrumentaliser, fût-ce Jean-Paul Sartre.

Alberto prend l'affaire à cœur. Simone de Beauvoir cherche à minimiser et à apaiser la querelle entre les deux amis : « Tout les rapproche : faire exister l'être humain comme une totalité absente, tout en les rendant présents. Ils poursuivent chacun dans leur domaine le même but, la même recherche », écrira-t-elle dans *Tout compte fait*, en 1972. En vain. La brouille est définitive.

Après la parution de *L'Idiot de la famille* consacré à Flaubert, au début des années 1970, Sartre déclarera : « Giacometti était quelqu'un de beaucoup plus complexe que ce que j'en ai dit. » Mais il est trop tard, Giacometti n'est plus. Dans un entretien avec Michel Sicart, pour la revue *Obliques*, en 1981, Sartre conclut : « L'amitié avec Giacometti, cette chose, était morte. »

L'amitié entre les deux hommes avait débuté par une interrogation, elle s'était poursuivie par une méprise et s'achevait sur un malentendu. Ils s'étaient rencontrés une première fois en 1936. Laissons la parole au témoin qu'a été Simone de

Beauvoir dans *Tout compte fait* : « Nous étions particulièrement intrigués par un homme au beau visage raboteux, à la chevelure hirsute, aux yeux avides, qui vagabondait toutes les nuits sur les trottoirs, en solitaire ou accompagné d'une très jolie femme ; il avait l'air à la fois solide comme un rocher et libre comme un elfe. »

Lors d'un dîner chez Lipp, en 1941, Sartre tombe sous le charme de cet homme qui « va droit aux choses en les assiégeant avec une infinie patience ». L'artiste qui parvient à peindre le vide ne pouvait que l'intéresser. D'autant que le philosophe, tout juste libéré d'un camp de prisonniers à Trèves, souffre de crises d'agoraphobie. Les deux hommes n'auront pas l'occasion de dîner à nouveau ensemble avant plusieurs années, le temps que la guerre s'achève et que Giacometti puisse à nouveau quitter la Suisse, où il se trouve bientôt bloqué : il a choisi de vivre dans une chambre d'hôtel à Genève. Ils ne se retrouveront qu'au mois de septembre 1945, un an après la Libération.

Dans « La Recherche de l'absolu » – titre emprunté à Honoré de Balzac et qu'il destine à sa Préface au catalogue de l'exposition new-yorkaise de Giacometti, en 1948 –, Jean-Paul Sartre écrit : « Il y a de la sculpture à la peinture le même rapport d'anthèse que de l'être au néant, de la matière à la distance, de la proximité à la solitude. »

Cet accident et son nouveau rapport à la marche donneront à son travail une influence décisive ; comme si le hasard se faisait destin. Cette fracture d'un pied sera un instant fondateur : Giacometti réfléchira à l'équilibre des corps, au poids de la matière.

Pour conclure le récit de ce malheureux accident, James Lord, un des modèles de Giacometti, écrira dans la biographie qu'il consacre à l'artiste : « L'accident avait produit un des sursauts les plus dynamiques de sa vie. »

Ce que ne dément pas ces propos du sculpteur rapportés par Jean Genet, en 1957 : « Il me dit qu'il a été très heureux quand il a su que son opération – après l'accident – le laisserait boiteux. Voilà pourquoi je vais hasarder ceci : ses statues me donnent encore l'impression qu'elles se réfugient, en dernier lieu, dans je ne sais quelle infirmité secrète qui leur accorde la solitude. »

Face à *L'Homme qui marche*

Devant une œuvre, il faut prêter l'oreille, l'écouter, prendre le temps qu'un dialogue s'installe. Rien de plus personnel, de plus intime, que le rapport d'une œuvre avec celui qui la regarde. Je parle d'une vraie confrontation, pas de la distraction de celui qui passe devant un tableau ou une sculpture dans un musée sans savoir pourquoi il se trouve là, juste histoire de dire, en sortant, « j'y étais ».

Qu'est-ce qui fait que telle ou telle œuvre vous touche plutôt qu'une autre ? Qu'elle vous bouleverse ? Quelle est cette émotion qui vous prend, qui monte en vous et ne vous lâche plus ?

Après ma première découverte de *L'Homme qui marche*, j'ai eu envie de le revoir, comme on peut avoir l'envie de retrouver quelqu'un. Je suis retourné le voir à Paris, à l'Unesco, à Zurich, à la Fondation Giacometti et encore à la Fondation Maeght, à Saint-Paul-de-Vence. Souvent.

À chaque voyage, j'ai eu la crainte de ne plus rien ressentir du choc de la première rencontre, je redoutais que l'effet de surprise ne s'émousse. Je préférais le retrouver à Saint-Paul. Je dois confier que c'est dans ce cadre, en extérieur, sous les pins de la Fondation Maeght, qu'il est le mieux, qu'il semble respirer, qu'il semble le mieux vivre. Delacroix parle de « la silencieuse puissance de la peinture », ce silence qui instaure quelque chose de sacré. Il porte la « silencieuse puissance » de la sculpture en lui.

J'ai eu souvent envie de le revoir. Avec le temps l'émotion aurait pu passer. J'en avais gardé un souvenir si dense, si profond. Mais, à chaque fois, une intimité s'est installée entre nous. Et, à chaque fois, j'ai entendu sa voix. J'y ai reconnu sa joie extrême d'être vivant. Je n'ai plus connu le même saisissement que la première fois sous l'orage, la même violence, mais j'ai senti, à nouveau, l'émotion monter en moi, quelque chose d'irrationnel et de fort. Face à lui, maintes et maintes fois, je me suis posé la même question : qu'est-ce qui fait qu'il me touche ? Cette question, vous pouvez vous la poser devant toute œuvre qui vous parle. Alors, qu'est-ce qui me fascine tant dans *L'Homme qui marche* ? Jusqu'au point où, un jour, je me suis agenouillé à ses pieds et j'ai senti monter des larmes. À ce moment, je me suis retiré, par crainte sans doute que quelqu'un ne me surprenne dans cette position ridicule. Il y a un moment où une œuvre vous appelle et c'est insurmontable.

Les frères Goncourt, à propos de Chardin, parlent de « la peinture qui se lève ». Le mot est juste aussi pour la sculpture, pour *L'Homme qui marche.* Quelque chose en lui vous appelle, vous attire, vous arrête. Et vous êtes fasciné, presque en état d'hypnose. Alors vous vous tenez en attente de ce quelque chose. Vous avez envie de passer des heures avec lui. Une familiarité s'installe. Il est plus fort qu'un Christ.

Comment se fait-il que cet *Homme* puisse me toucher encore, produire tant d'effet après tant d'années, sans que je m'en lasse ? Oui, cela, c'est l'apanage des grandes œuvres. Comme devant *La Joconde*, à l'image presque usée – certes, c'est différent puisqu'on ne peut plus la voir que derrière sa vitre blindée et avec la mise à distance d'un périmètre de sécurité. On la connaît, on croit la connaître, tout le monde pense la connaître. Et pourtant, si vous vous arrêtez, vous vous postez face à elle et vous entrez en relation avec le personnage qui peu à peu devient une personne. Pour *L'Homme qui marche*, il en est de même. À la différence, non négligeable, que l'on peut s'approcher de lui, tourner autour, (presque) le toucher.

Mes affinités profondes sont ramassées là, en lui, avec sa matière. Par son élan, sa masse sensible, ses creux, ses plis, ses bossellements, son aspect buriné. L'eau peut courir sur lui comme sur un rocher, il n'en souffrira pas. Il y a de l'illusion en lui, il porte un rêve insensé. Il y a de l'instinct et de l'inquiétude chez lui. Son équilibre instable, son assurance tranquille et sa fragilité, voilà ce qui m'émeut. *L'Homme qui marche* peut aussi prendre les allures d'un conquérant, d'un idéaliste, d'un obstiné et d'un irraisonné, il peut prendre les traits du justicier, il évoque don Quichotte, le combattant acharné, le résistant au temps. Quels sont les remous de sa pensée ? Il représente le passé et le futur, avec son aspect « antédiluvien » et ses pas vers l'avenir, comme s'il avait pris la vie à son compte. Il pourrait parler et on entendrait le trille pointu d'un oiseau. Il semble plutôt crier. Crier dans une langue inconnue venue du plus profond. On ne l'imagine pas enfant. Il avance avec ses tremblements, ses nœuds de nerfs, comme s'il allait se débarrasser de ses pas empêchés, comme un renouveau qui ne serait jamais arrivé, comme à l'aube d'une vie. Il pourrait ouvrir ses bras, pour ramasser toute l'étendue autour. Pour toutes ces raisons, je ne cesserai de lui rendre visite.

Giacometti et Bacon

L'artiste anglais plaçait Giacometti au-dessus de tous les autres de ses contemporains : « Je sais que, pour lui, la grande aventure est de voir, chaque jour, quelque chose d'inconnu prendre forme dans le même visage. Je trouve cela très juste. » Et d'ajouter avec son accent anglais prononcé : « J'ai une préférence pour ses dessins au crayon ou ses fusains, plutôt que ses sculptures, mais j'avoue que, moi qui m'y suis essayé sans succès, son *Homme qui marche*, c'est tout de même quelque chose de sérieux. Personne avant lui n'avait réussi une chose pareille. Il est le plus grand de nous tous. »

C'est dans le fatras extraordinaire de son atelier de Reece Mews, dans le quartier de South Kensington, qu'il m'a fait cette déclaration. Pourquoi Giacometti ? Ils avaient une approche semblable de l'art.

Francis Bacon avait une grande admiration pour l'homme, pour son intégrité d'artiste. Tout le fascinait chez lui, le bourreau de travail, son atelier, ses errances nocturnes, son éternelle insatisfaction, son érudition, son attrait pour la statuaire égyptienne, la fréquentation des surréalistes et même jusqu'à son goût des femmes. C'était d'ailleurs une femme, Isabel Rawsthorne, qui les fit se rencontrer. Bacon l'avait choisie pour modèle sans doute parce que cette belle femme, libre et sauvage, aux longues boucles brunes et à la bouche rieuse, l'avait été aussi pour André Derain et Alberto, justement. Giacometti avait réalisé un portrait d'elle, *Isabel dans l'atelier*, et sa tête en bronze. Même Picasso, qui jalousait Giacometti, s'était un jour jeté à ses pieds, à la brasserie Lipp, pour lui faire une déclaration. Il avait dit à Alberto : « Maintenant, je sais comment m'y prendre. » Picasso avait, dit-on, couru à son atelier et exécuté, de mémoire, son portrait. Isabel était recherchée comme modèle et comme maîtresse.

Un jour, Bacon m'avoua, sans que je lui demande rien, qu'il avait eu une histoire avec elle : « Vous savez, j'ai aussi fait l'amour avec Isabel Rawsthorne, une femme très belle qui avait été le modèle de Derain et l'amie de Georges Bataille. » S'inscrire dans la continuité de ces noms l'avait sans doute excité.

Bacon et Giacometti ont plusieurs points communs. Tout les rapproche. Une passion partagée de l'art égyptien. Bacon disait : « Oui, je regarde les mêmes images, je pense que l'art égyptien est de loin le plus haut qui soit jamais apparu. La statuaire égyptienne est la plus grande du monde. Regardez, regardez ! Ce scribe aux yeux bordés de vert, par exemple : c'est d'un réalisme cru, qui saute aux yeux comme une déflagration. C'est ce que les surréalistes voulaient faire voir, mais ils n'y sont pas parvenus. »

Les deux artistes ne sauraient concevoir de vivre différemment que dans leur atelier, deux petites pièces sommairement meublées, leur antre envahi par un indescriptible désordre : des murs blanchis par les essais de badigeons de couleurs, des dessins griffonnés pour Alberto, des toiles entassées, des couches de peinture au sol et de la poussière de plâtre... Des lieux dans une quasi-décrépitude, rue Hippolyte-Maindron.

Les deux hommes vivent dans la même apparente pauvreté monacale, qui demeure, une fois le succès venu. Tous deux sont désintéressés. L'argent ne compte pas. La vie est aussi ailleurs, dans leurs errances, leurs virées nocturnes agitées, dans les repaires londoniens gays et les bars douteux, la fréquentation des voyous pour Bacon, les bars de Montparnasse et leurs entraîneuses, le *Sphinx* et ses prostituées pour Alberto... Ils mènent des vies d'artiste, mi-bohèmes mi-mondaines. Et Alberto aurait pu faire sien ce cri de Bacon : « Je poursuis la peinture, car je sais qu'il n'est pas possible de l'arrêter. »

L'un comme l'autre sont hantés par les visages qui viennent à eux : *visum*, c'est-à-dire ce que l'on voit quand on voit autrui, l'autre de soi-même, son envers. Cette tête qui obsédait Giacometti comme Bacon, cette réalité que l'un et l'autre n'ont cessé d'interroger. Quand, en 1935, il exclut Giacometti du mouvement surréaliste, parce qu'il a osé revenir à la figuration et « faire des têtes », André Breton se serait exclamé, furieux : « Une tête, on sait bien ce que c'est qu'une tête. » Eh bien, non. Et Giacometti n'en fait qu'à la sienne. Il se lance à la reconquête de « l'humain en l'homme ». Bacon, lui, réinventera la figure, fût-elle terrible et tragique, montrera la cruauté même de la chair, de la peau, du sexe. Le corps en déliquescence, dans sa crudité, deviendra visible.

Tous les deux ont rejoué le nu au XXe siècle.

L'Homme qui marche s'exhibe nu. Or, on ne considère pas la statue comme un nu. On le voit, on le perçoit d'abord et avant tout en tant qu'être pensant. On oublie sa nudité. Son sexe n'est pas apparent. *L'Homme qui marche* se dresse dans toute son énergie, il surgit tout en matière. « Giacometti met la matière debout », écrit Yves Bonnefoy. C'est bien l'homme qui avance, l'homme seul, tout comme Bacon torture, déforme les corps, fait parler la chair tremblée par des forces violentes et invisibles. Bacon expose la chair en tant que viande. Giacometti montre les os, structure matérielle du corps. Et pour l'un comme l'autre, il s'agit de donner à voir les souffrances de l'homme.

L'inhumain renforce l'humain

La statuaire dialogue, avant tout, avec le passé, avec les dieux et avec Dieu, nouant cette « vieille relation de l'homme et de l'univers ». Elle fait corps avec l'architecture, elle décore, elle symbolise, elle illustre, elle signifie, elle idéalise, elle raconte les histoires. Avec gravité et pour l'éternité, dans la grandeur et la pureté. Avec du sublime et du divin. De la beauté et de l'apaisement. « Prenons garde à la beauté », disait Malraux.

La statuaire célèbre cette profonde union de l'homme et de ses dieux, mais souvent la pierre est froide (sans parler des gisants), chargée de la beauté absolue, sans *vraie* humanité. Sans conscience humaine, sans sentiments. Oui, il y a la *Vénus de Naples* et son corps troublant de réalité. mais sans tête. Et voilà la question : où est l'homme vivant dans les statues de l'Acropole, dans celles des cathédrales, celles des chapelles Médicis, celles des dieux mexicains, celles des grottes sacrées, celles des Kouros trop parfaits, des Zeus intouchables, des Hermès lisses, des corps athlétiques, etc. ?

Or, l'art a besoin de sentiments, l'art doit toucher, gagner en vie. Pour évoquer Giacometti, je me rapprocherai des figures allégoriques de Giovanni Pisano (1248-1317 ?), dont les personnages étaient destinés au décor du baptistère de Pise. Aujourd'hui visibles au Campo Santo de Pise, Malraux les évoque dans l'introduction du premier volume du *Musée imaginaire de la sculpture mondiale.* Ces figures semblent surgir de la nuit et des ténèbres, elles vous sautent au visage avec leur air d'inachevé et de ruine, leur quelque chose d'insaisissable qui surprend et interroge. Pourquoi sont-elles si vivantes, plus imprégnées de chaleur que leur présence spirituelle ?

Ces statues érodées par le temps sont des énigmes avec leur part de crépuscule et de mélancolie. Leur regard, leurs gestes, leur air d'évanouissement s'adressent à nous. J'entends leurs voix. Que semblent-elles dire ? J'entends leur plainte et leur appel. Je suis en admiration face à elles, qui portent quelque chose d'effacé, un passé, une autre vie oubliée, des traces d'hier. Giovanni et son père Nicola avec lui avaient-ils des modèles ? Dans ses *Vies des meilleurs peintres, sculpteurs et architectes,* Giorgio Vasari ne le dit pas. Je les regarde comme des objets sensibles et, au-delà de leur beauté fanée, au-delà de leur spiritualité, le mystère demeure. Elles s'imposent, sidèrent et insistent. Est-ce cela, la présence du grand art ? Comme encore les *haniwas*, ces statuettes religieuses ou funéraires du Japon (antérieures au VIe siècle), en terre cuite, aux orbites creuses, sans regard, aux bouches béantes comme des gouffres sans lèvres. Leur vide nous adresse leur détresse et les rend plus vivantes encore que bien des rondes-bosses. Il dévoile « les papillons de l'âme », selon l'expression d'André Malraux. Quand l'inhumain renforce l'humain. Ce que Baudelaire appelait, dans ses *Curiosités esthétiques*, les « monstres viables ». Voilà ce qui touche et émeut. Mais quelle force nous dicte nos choix, nos goûts ? Qu'est-ce qui agit sur nous ?

Toutes ces représentations humaines que les siècles séparent, celles de Giovanni Pisano comme celles de Giacometti, sont dans une douloureuse solitude. Notre œil d'aujourd'hui peut, certes, s'exercer aux comparaisons et s'en divertir, et les musées encouragent ce jeu. Si je peux tisser des liens entre des sculptures de Giacometti et les ébauches de Giovanni de Pise ou certains *haniwas*, je les délivre de leur fonction première, mais je n'oublie pas qu'elles n'étaient pas, d'abord, des statues. Le regardeur, celui qui prend garde, avait une autre relation avec l'œuvre d'art. Mais le monde n'est-il pas qu'illusion et chatoiement ?

Alberto et Auguste

Giacometti et Rodin ! Tout a commencé par un sacrifice. A priori, tout oppose les deux hommes, à commencer par le physique, l'un épais et trapu, l'autre presque malingre, l'un s'en prend au bloc, occupe l'espace, l'autre dégraisse, se confronte au vide. Au génie de l'hôtel de Biron, les corps avec les paquets de muscles, compacts et massifs ; à l'ascète de l'atelier de la rue Hippolyte-Maindron, les hautes statures, les corps effilés. Tous les deux, chacun à sa manière, à l'opposé, font vibrer la matière, la lumière, les formes, l'un tout en force, en solidité et courbes adoucies, l'autre tout en concentration et en fragilité. Tous les deux s'acharnent à leur tâche. Leur vie n'est qu'une longue journée de travail. Mais ce serait se contenter d'une première vision un peu trop rapide.

L'un amplifie l'Antique, l'autre pose la relation de l'être au monde. Rapprocher ces deux noms peut donc surprendre. Et pourtant, Giacometti et Rodin, c'est une relation intense qui débute dès l'adolescence pour le jeune Alberto. L'histoire que, plus tard, il racontera à plusieurs de ses amis et à des journalistes, est édifiante.

En 1915, Giacometti a quatorze ans. Ses parents l'ont mis en pension dans un collège, à Schiers, à l'autre bout du canton des Grisons. Pour les vacances de Noël, il doit rentrer chez lui et retrouver ses parents. Le périple est long, il doit changer de moyens de transport en cours de route : une voiture postale le dépose à Coire. Avant de reprendre un train pour Saint-Moritz, il patiente à la librairie du chef-lieu et tombe en arrêt devant un épais ouvrage illustré consacré à Rodin, qu'il feuillette. Auguste Rodin, toujours vivant, est alors considéré comme le plus grand sculpteur depuis Michel-Ange. Alberto l'achèterait bien, ce gros livre, mais son prix est celui de son billet, le livre le priverait du trajet en train, et il n'a que les quelques sous du voyage en poche. Tant pis, il n'hésite pas et choisit Rodin. Alberto devra parcourir les seize kilomètres qui le séparent de chez lui à pied, dans la neige, le froid et le noir de la nuit. À plusieurs reprises, il glisse, tombe, se relève, serrant le livre contre lui. L'homme qui marche, déjà. Songe-t-il à sa longue marche solitaire le moment venu de la création de son œuvre ? On serait bien tenté de faire le lien…

Non, il n'y a pas de hasard. L'œuvre de Rodin le fascine, l'exalte, l'emporte, le transcende. Le jeune Alberto, déterminé, a choisi : être Rodin ou rien ! Ce qu'explique clairement Yves Bonnefoy dans sa remarquable somme intitulée *Giacometti* : « Rodin signifiait pour l'adolescent l'artiste qui s'élève à l'expression de la vérité, celui qui dit avec feu les grandes valeurs avec lesquelles on se doit de bâtir la vie, celui qui identifie le beau et le bien, celui aussi et surtout qui proclame l'excellence, la qualité bénéfique de l'amour le plus librement sensuel : et il n'y a pas à douter qu'Alberto, dans ce moment de sa vie, ne se soit voulu le nouveau génie qui égalerait le vieux maître. »

C'est à Montparnasse, au carrefour du boulevard Raspail et du boulevard Montparnasse, au cœur de son quartier qu'il arpente tous les jours, que Giacometti retrouve le vieux lion, Rodin, celui qui a tiré la sculpture de l'académisme. En 1939, on élève la statue d'Honoré de Balzac, après de violentes polémiques : une véritable « affaire » née des passions suscitées par son aspect inachevé, traité par ses adversaires de « masse informe ». Et chaque nuit, quand il se rend dans un de ses bars préférés, *Chez Adrien*, rue Bréa, ou dans un autre, Giacometti peut admirer, au milieu du terre-plein, sur le boulevard, Balzac dans sa robe de chambre, le chef-d'œuvre de Rodin, à qui il rendra hommage en 1946 dans un dessin au crayon. Rodin avait ainsi qualifiée sa sculpture : elle est le « résultat de toute ma vie ». En quelques lignes, le poète Rainer Maria Rilke, qui fut son secrétaire à l'hôtel Biron, saisit l'essentiel : « C'était la création elle-même qui se servait de la forme de Balzac pour apparaître ; l'orgueil de la création, sa fierté, son vertige et son ivresse. [...] C'est ainsi que Rodin a vu Balzac en un instant de concentration formidable et de tragique exagération, et c'est ainsi qu'il l'a créé. » Ce *Balzac* tant décrié, lors de son installation, plus de vingt ans après la mort de son auteur, ouvre la voie de la modernité. Sans Rodin, pas de Brancusi ; sans Rodin, pas de Giacometti.

Les deux hommes ont en commun le rejet du fini, de l'élaboré, évolution déjà amorcée et revendiquée par Rodin avec son *Balzac.* Ce qui les sépare, c'est la manière dont ils envisagent leur art. Même s'ils partagent cette évidence : l'art naît en travaillant. Rodin affronte la matière tout en respectant le matériau, fait bloc avec la pierre ou le marbre, pour le faire rayonner, frémir, cherchant le sens de l'œuvre. Giacometti, au contraire, intellectualise son travail, sa tête guide sa main. Il ne cesse de s'interroger et de douter. Contrairement à Rodin, ses mains ne répondent pas à ce qu'il cherche. Du moins le pense-t-il. Quand il découvre la virtuosité du modelage léger, le contact direct avec la terre et le plâtre, à force de recommencement, ses figures prennent vie : le contraire de l'académisme.

Giacometti ne cite jamais Rodin, lui préférant Cézanne, dont il tire parti dans ses natures mortes, à ses débuts, puis quand il y reviendra dans les années 1940 et 1950. En fait, il n'a cessé de penser à Cézanne. Mais revenons à la sculpture et à Rodin, ce qui, a priori, paraît à l'opposé, mais qui est éclatant tout de même. Il va se confronter, sans le dire, à celui qui est considéré comme le grand maître, celui dont il avait acheté le livre à Coire, avec les sous qu'il lui restait, l'obligeant ainsi à marcher dans le froid des Grisons. Pas une de ses statues d'homme, à la fin des années 1940, qui ne se situe dans la lignée de Rodin. À commencer par l'éponyme *Homme qui marche*, solidement campé sur ses deux pieds, athlétique et volontaire. Ou encore *L'Homme qui chavire* (1950), rappel de *L'Homme qui tombe* (1882) du même Rodin. *La Main* comme un symbole, celui de la rencontre, ouverte vers l'autre, cette main aux doigts écartés qui semble aussi signifier l'émancipation, et cet *Homme au doigt*, approfondissement de la réflexion de Giacometti sur *L'Homme qui marche* de Rodin. Et encore *L'Homme qui parle*…

Giacometti renoue avec son passé, repense à Rodin et lui rend hommage. Il se libère de tout académisme, là résident la nouveauté et l'avancement. Il met en présence de l'être, le fait vivre, selon toute une variété d'approches, les caractérisant par toute une série de gestes et d'attitudes. « Il peut réfléchir selon des catégories qui avaient compté pour lui, par exemple la relation de l'œuvre à la vérité, à la société. Et il peut aussi, et surtout peut-être, constater sans forfanterie qu'il a fait mieux que Rodin, du point de vue de la vérité, en tout cas. »

Giacometti met Rodin à terre, il le terrasse. Là où Giacometti pense équilibre du corps, synthèse d'une présence à soi-même, Rodin alourdit et subit l'espace autour.

Rodin pousse Giacometti dans ses derniers retranchements : désormais, il doit se rendre aux choses sérieuses, il entre dans son grand âge. Il y a toujours chez Giacometti, après 1947, cette réflexion sur le sens qu'il faut donner à la vie. Et ce n'est pas un hasard, au moment où s'installent la pensée de Sartre et ses réflexions sur l'existence, le rapport au monde, la recherche de l'absolu et la solitude. Giacometti dépasse le maître et fait sauter les derniers verrous, après le passage du primitivisme, Matisse et ses nus couchés, Brancusi et son *Baiser*, et plus encore Picasso, grand expérimentateur, bricoleur hors pair et hors piste de tous les procédés et matériaux. Giacometti, lui, respecte le métier. C'était Théophile Gauthier qui soulignait que « tout sculpteur est forcément classique », mais c'était en 1872.

Avec lui, ses « hommes » sont incarnés, habités, à commencer par lui-même. Son *Homme qui marche* est le reflet de son propre élan dans la vie : « J'avais un modèle. Dans l'atelier, j'allais, je venais devant cette femme. Elle était debout, immobile. Je lui disais : regarde comme on peut bien marcher sur deux jambes. N'est-ce pas merveilleux ? Un équilibre parfait. »

Le rapport à soi dans cette œuvre est éclatant.

Giacometti va plus loin que le vieux maître, il pose la question fondamentale, celle de l'existence, du rapport de l'être au monde. Le nouveau Rodin, c'est lui, Alberto a gagné sa bataille secrète.

Comment ne pas y songer ?

Si l'on situe *L'Homme qui marche* dans l'époque, en 1947, année de sa création, donc au sortir de la Seconde Guerre mondiale, on pense, dès le premier regard sur la sculpture, que l'on a affaire à un martyr décharné des camps. Comment ne pas songer à un survivant des camps de concentration nazis, comme si l'homme avait été privé de nourriture ?

Une évidence, pour nous, regardeurs. Giacometti a toujours nié et réfuté cette interprétation. Le mot de Bertolt Brecht, dans *Ecrits sur la politique et la société*, a beaucoup de vrai : « Les événements d'Auschwitz, du ghetto de Varsovie, de Buchenwald, ne supporteraient certainement pas une description de caractère littéraire. La littérature n'y était pas préparée et ne s'est pas donné les moyens d'en rendre compte. »

L'artiste a passé, loin de Paris, la période des couvre-feu et des rationnements, en Suisse, à l'hôtel de Rive, à Genève, proche de sa mère, à élaborer des figurines de plâtre qui tiennent dans une boîte d'allumettes. « Je faisais ça malgré moi. Je ne comprenais pas. Je commençais grand et je finissais minuscule. Seul le minuscule me paraissait ressemblant », déclare-t-il à Yvon Taillandier.

Quand, en septembre 1945, il retrouve son atelier de la rue Hippolyte-Maindron, rien n'a changé, tout est à sa place, son frère Diego, resté à Paris, y a veillé. L'hôtel Lutetia, boulevard Raspail, qui a été le QG de l'Abwehr pendant l'Occupation, a été réquisitionné dans les mois précédents : d'avril à août 1945, il a servi de centre d'accueil des rescapés des camps ; il vient de fermer ses portes : tous les déportés encore en vie ont alors été rapatriés. Giacometti n'a pas pu être le témoin direct de leur arrivée, quotidienne : les silhouettes fantomatiques descendant des cars, devant des proches massés là, guettant le visage de celui ou celle qu'ils attendent depuis trop longtemps. Mais il est difficile d'imaginer qu'il n'en parla pas avec ses amis de la brasserie Lipp ou du café de Flore, notamment avec Jean-Paul Sartre, bien sûr, mais aussi avec Jacques Audiberti, avec qui il s'entretenait souvent de son grand sujet, la perception du réel.

Quand, en ces mois d'après-guerre, son expression restée en sommeil s'éveille, quand tout ce qui était enfoui ressurgit, comment lui, Alberto

Giacometti, qui place l'homme au centre de son œuvre, n'aurait-il pas eu cette vision, cette réalité, en tête ?

Son *Homme qui marche* se tient debout, droit, incliné vers l'avant, vers l'avenir, même incertain. Et *L'Homme qui marche*, c'est vous, c'est moi, avec son corps d'homme, émacié, usé peut-être, mais en mouvement, avec une tête qui pense. Voilà pourquoi cet homme nous parle, nous touche. Voilà pourquoi cette sculpture nous représente tous, loin des antiques, loin des statues des squares et des places publiques pompiérisantes.

C'est à son retour à Paris qu'il fut impressionné par cette « beauté fantastique, totalement inconnue [...], l'homme qui marche dans la rue, ne pèse rien, beaucoup moins en tout cas que l'homme mort ou évanoui. Il tient en équilibre sur ses jambes. On ne sent pas son poids », confie-t-il au critique d'art Jean Clay dans un « long dialogue ». Ou encore ce qu'il déclare à Pierre Schneider dans « Ma longue marche » : sa démarche était de faire des « approximations de quelqu'un qui serait plus vrai qu'une personne réelle ». Un autre artiste, Jean Fautrier, contemporain de Giacometti, s'est réellement confronté à l'horreur et a réussi à la restituer, au point qu'il disait entendre les détonations des fusils lorsqu'il peignait ou sculptait ses *Otages*. À la grande différence de Giacometti, Fautrier, résistant, a été arrêté par la Gestapo : il dénonce la barbarie de la guerre.

Déjà, Giacometti avait perçu le pouvoir irréductible de la matière, présent dans le buste d'Isabel dit *L'Égyptienne* (1936), œuvre-ébauche, ou encore dans un buste de Diego de 1936-1937. Le grain de la matière, plâtre ou terre, accroche et fait vibrer la lumière, avec ses crevasses, ses bosses qui ont quelque chose du sol lunaire et donnent de la vie à la représentation. Comme encore cette *Tête de Rita*, plâtre de 1937-1938, ou *l'Isabel* de 1939. Giacometti réussit à donner un aspect vibrant à ses modèles, un air terriblement vivant, tourmenté et intranquille. Certes, avec moins d'aplomb, moins d'affirmation qu'à partir de 1947, année des grands moments de création, mais ses intentions « existentielles » étaient déjà présentes, avant ses conversations à bâtons rompus avec Jean-Paul Sartre. D'autres œuvres expriment cette dimension, à commencer par *La Main*, plâtre de 1947, dressée sur sa tige comme un appel au secours, ou contre une menace. Cette œuvre, et d'autres de la même période, annoncent une nouvelle vision, celle d'une mise en espace plus théâtrale. Giacometti donne au spectateur l'impression qu'il est face à une scène. Après ce constat : on ne voit une personne dans son ensemble que lorsqu'elle s'éloigne et qu'elle devient minuscule. *La Place II* – quatre hommes et une femme – (1947-1948), êtres sans visage, sans sexe, marchant les uns vers les autres comme s'ils allaient à leur rencontre, utilise la base comme un plateau. Ils donnent le sentiment de se déplacer en silence, avec de l'appréhension, de l'indécision et une part d'énigme. Les personnages marchent en ayant conscience des autres. *L'Homme qui marche*, lui, parle du rapport à soi d'un être seul. Et dans *Trois hommes qui marchent*, il s'agit bien de la relation entre trois personnes comme la base d'un scénario.

Dans toutes ces sculptures, il y a un drame mis en scène, celui de la condition humaine de l'homme seul comme avec ses semblables. Ce qu'éclairerait, à la fin de sa vie, Giacometti, dans un propos à Raoul-Jean Moulin : « À tout moment les hommes s'assemblent et se séparent, puis se rapprochent pour tenter de se joindre à nouveau. Ainsi, ils forment et transforment sans cesse de vivantes compositions d'une incroyable complexité. » Ou encore dans son entretien, « Ma longue marche », avec Pierre Schneider : « Des mécaniques inconscientes, comme les gens dans la rue, qui vont qui viennent. un peu comme des fourmis, chacun a l'air d'aller pour soi, tout seul, dans une direction que les autres ignorent. Ils se croisent, ils se passent à côté, non ? »

Et c'est là précisément que Giacometti touche au mystère de l'être.

D'où vient *L'Homme qui marche*?

Jean-Paul Sartre encore, dans « La Recherche de l'absolu » : « L'homme est l'unité indissoluble et la source absolue de ses mouvements. » On ne saurait mieux dire au sujet de *L'Homme qui marche*. Il est aisé de rattacher le chef-d'œuvre de Giacometti à l'existentialisme triomphant de son ami Jean-Paul Sartre. Comment ne pas y voir l'illustration *vivante*? Si la philosophie de *L'Être et le Néant* n'inclut pas l'esthétique, elle la présuppose et nécessite une organisation du champ de perception.

« Toutes mes statues finissaient par atteindre un centimètre. Un coup de pouce, et hop! Plus de statues. » Déjà, dans les années 1940, les figures de Giacometti si minuscules, au point de disparaître, expriment la négation de l'homme métaphysique, perdu dans l'univers, cet homme qui prend conscience de sa précarité. La diminution jusqu'à la disparition : Giacometti explore l'espace et ses limites. Ces petites figures sont des hommes et des femmes vus de loin et gardés dans des dimensions réduites à leur image à distance.

L'Homme qui marche, tout comme ses faux jumeaux, ceux qui se croisent sur une place ou qui se tiennent debout, immobiles, *l'homme de Giacometti* rejoint ses frères, les héros de Sartre, de Camus, de Beckett, les Roquentin, les Meursault, les Estragon et Vladimir. Il incarne l'homme esseulé, coupé de toute source de vie, être perdu, en détresse. Et tout comme Samuel Beckett, avec qui Alberto entretenait « une amitié faite de silences », n'écrit pas sur quelque chose mais la chose elle-même, Giacometti ne sculpte pas quelque chose mais l'homme lui-même. Et, autre point commun avec l'auteur d'*En attendant Godot*, les deux artistes incarnent l'engagement absolu du créateur : pour l'écrivain, les mots sont impuissants, comme pour l'artiste, le plâtre ou la peinture ne réussissent pas à imprimer sa vision. Tous deux partagent dans leurs créations ce sentiment d'échec qui les poussait, malgré tout, à poursuivre.

Giacometti se débarrasse de toute anecdote, il radicalise sa vision. Il faut examiner une de ses peintures pour mieux comprendre son parti pris, qui participe du même cheminement en sculpture, *La Pomme sur le buffet.* Déjà en 1937, avant que la guerre ne divise son œuvre en deux périodes, il découpe l'espace pour échapper à la banalité d'un sujet maintes et maintes fois traité, la pomme. Face à ce tableau, l'œil cherche ce qui trouble et, comme dans un jeu des sept erreurs, finit par trouver : si la pomme est la seule forme ronde, déportée sur la droite, un des deux tiroirs du buffet sur lequel elle repose est plus large que l'autre, la perspective du plateau est faussée et offre deux points de vue. Le regard est dérangé, troublé par ces anomalies. Ainsi, un mystère s'installe et ce sujet, disions-nous banal, bascule, entre réel et irréel. Comme un piège tendu au regard et à l'esprit.

De même, avec un portrait, celui de sa mère, de la même année, 1937, il fausse le jeu du regard en décentrant le modèle, ce qui a pour effet de l'éloigner. À cette fin, il multiplie tout autour un dispositif de cadres fait d'un réseau de lignes, ce qui isole le personnage. Ce n'est plus sa mère, mais un être humain dans sa solitude. La place laissée au vide est déjà dans ces deux œuvres peintes, et cette question du vide – une des grandes affaires de l'art au XXe siècle – ne cessera de le préoccuper. C'est par la ligne, qui ramène vers l'intérieur, qu'il approche le vide, installant une manière de frontière effervescente et indéterminée. En produisant un effet d'apparition/disparition, il fait « chanter » le vide.

Pour la sculpture, Giacometti utilise un autre procédé qui établit sa propre échelle. L'artiste instaure un nouveau champ de vision, de mise en espace, afin de faire le vide autour de l'œuvre. Ainsi, Giacometti attire et aiguise le regard : « C'est le détail qui différencie, détache, sépare une forme des autres, qui fait autour d'elle ce vide qu'on nomme espace », dit-il dans *Les Dialogues du Louvre*. Les infinis de l'espace sont « effrayants », disait Pascal.

Avec *L'Homme qui marche*, Giacometti joue pareillement de l'espace autour de son personnage, pesant de toute sa densité tactile, laquelle imprime une sensation de mouvement, de dynamisme. La figure marche avec ses deux pieds fixés telles des racines. On peut penser aux mots de Georges Bataille, dans « Le Gros Orteil » : « L'homme se déplace sur le sol sans s'accrocher à des branchages, étant devenu lui-même un arbre, c'est-à-dire s'élevant droit dans l'air ainsi qu'un arbre. » Cela pourrait apparaître comme anecdotique, mais Giacometti est sensible aux arbres qui s'élèvent sans contrainte dans le ciel. On sait qu'il lui arrivait de désirer aller « voir des feuilles », alors il n'hésitait pas à demander à ses amis qui possédaient une voiture ou à Caroline, son modèle, de l'emmener en forêt de Meudon à bord de la décapotable rouge qu'il lui avait offerte. Des dessins des années 1950, représentant des arbres, et même ce *Paysage aux arbres à Stampa* (1963), témoignent de cet intérêt. L'arbre et ses branches qui structurent et découpent l'espace tout en nervures font partie de sa recherche exigeante. Des œuvres majeures font réapparaître l'importance de l'enfance du jeune Alberto dans la campagne des Grisons. Giacometti a gardé ces images en tête, qui ressurgissent dans *La Clairière* et *La Forêt*, œuvres de deux ans postérieures au premier *Homme qui marche*. Ce sont bien deux paysages en puissance. « Ce qui montre bien que son regard allait à des lieux comme il irait à des personnes », souligne Yves Bonnefoy.

Dans un paysage, tout s'éclaire, tout se dénoue, et c'est ainsi que Giacometti approche et considère ses plateformes, où s'alignent des personnages selon un ordonnancement bien précis. Dans *La Forêt*, les personnages de diverses tailles se dressent tels des troncs hiératiques, sous le regard d'un buste masculin au cou allongé, à une plus petite échelle. *La Clairière* rassemble neuf figures figées, bras et mains collés au corps, disposées comme d'énigmatiques totems. Ce qui renvoie à l'aquarelle *Dans la forêt d'Engadine* (1919) de son adolescence, forêt où une multitude de verticales peuplent la page comme autant de personnages immobiles. On pense déjà au déplacement aveugle des hommes et femmes de ses *Places*, de *La Clairière* ou de *La Forêt*, éconduits à l'état de statues dans un espace théâtral où toute communication entre les êtres semblent impossible. Même lorsqu'ils se croisent, ils s'ignorent, l'isolement est total, comme si une vitre les séparait. Ces hommes et ces femmes donnent l'air d'être retranchés en eux-mêmes, étrangers au monde extérieur, imperméables à ce qui les entoure. Ce sont des individus dans des groupes, mais en aucun cas un groupe d'êtres qui partagent la même aire. L'être humain subit sa vie. Toujours ce sentiment d'empêchement. Ce qui renforce l'idée que Giacometti voit l'homme en tant qu'être unique confronté au monde et seul face à lui.

Recommencer et recommencer

Giacometti ne part pas d'un bloc, d'une masse, il part du vide. À la naissance de la sculpture, quand elle prend forme, avec ses matériaux pauvres, sa frêle structure, la fragilité est là. Elle en est le sujet même, comme un être qui doit supporter la vie avec ses moments d'effritement, de perdition.

Il est intéressant d'examiner au plus près la manière de travailler de Giacometti, ses techniques. Elles lui sont propres et plutôt hétérodoxes. Certains témoignages les révèlent, dont celui de son frère Diego, qui y prêtait particulièrement attention tant elles étaient fragiles. Il y a un goût prononcé pour l'éphémère chez Giacometti, comme s'il ne pensait pas à la conservation de son œuvre. Il sait que ça ne tient à rien du tout et qu'il lui faudra peut-être recommencer, le danger fait partie de son travail. Techniquement, ses plâtres proviennent de deux façons de faire : au départ, un modelage en terre qui pourra être repris en plâtre par la suite, ou pas, et un travail direct avec du plâtre frais autour d'une armature de fer. Ses têtes étaient montées sur des tiges de fer.

Giacometti alterne ses manières, combinant parfois les deux. L'artiste travaille, modèle avec ses mains, ses doigts, ses ongles qu'ils portent longs, puis au canif s'il le faut. Sur certains plâtres, on peut encore trouver l'empreinte de ses doigts, de ses ongles ou du tissu que déposait Diego chaque soir pour conserver l'humidité de la pièce en cours. De même, c'est toujours Diego qui, en amont, prépare les tiges métalliques sur un socle, d'après des dessins qu'Alberto trace sur les murs de l'atelier ou sur des feuilles de papier. Une fois cette base exécutée, le sculpteur enduit la structure de terre ou de plâtre, puis il retranche, élague, puis rajoute, supprime, creuse et renouvelle l'opération autant de fois qu'il le juge nécessaire.

Il ne ménage pas ses sculptures, pourtant cassables. En fait, il procède de la même manière sur ses toiles, à la surface desquelles il creuse les couches de peinture fraîches, puis efface, corrige, puis renouvelle l'opération jusqu'à la satisfaction (qui n'arrive jamais, on le sait, mais il y a bien un moment où il faut abandonner et déclarer forfait, décider de l'achèvement de l'œuvre).

L'étape d'après sera le moulage, avant la fonte en bronze, durant laquelle les œuvres, exposées au moindre choc avec tous ses stades préparatoires, ne sont pas forcément épargnées. « Je fais fondre comme une étape » déclarera-t-il à Jean Clay. Lui-même les malmène et n'hésite pas à les secouer pour éprouver leur résistance, parfois jusqu'à l'accident, avant de les retoucher encore, au canif, de les gratter avec ses ongles. Ça devait l'amuser, il savait, de toute façon, que, dès le lendemain, il ne pourrait s'empêcher de commencer une autre pièce.

Néanmoins, Alberto était attentif à chaque étape, d'une attention méticuleuse, jusqu'à la patine, dernier (re)vêtement de l'œuvre, à laquelle il accordait un soin particulier. Il essayait toutes les nuances, du vert au brun, du doré au noir. Il expérimentait, allant même jusqu'à peindre directement le bronze, comme sur les pièces suivantes : *La Cage, La Forêt, La Clairière.* Et même sur un des deux exemplaires en bronze de *L'Homme qui marche*, qu'il est venu peindre lui-même, à la Fondation Maeght, lui insufflant une charge émotive supplémentaire.

Giacometti expérimente, tente l'impossible, dans l'infinitésimale comme dans des dimensions plus hautes. Il est difficile d'imaginer que l'artiste travaillait dans un local exigu, quasiment sans recul, pour ses plus grands personnages, dont notre *Homme qui marche.* Il entreprend directement le modèle grandeur nature. Dans ses mémoires, Marlène Dietrich, fascinée et amoureuse peut-être de l'artiste, mentionne que, lors d'une de ses visites, elle trouva Alberto juché en haut d'une échelle, attelé à de grandes femmes, ces personnages qui devaient être appelés plus tard les *Femmes de Venise* (à cause de leur présentation envisagée à la Biennale en 1962).

Giacometti persiste et aime affronter l'impossibilité, suivant sa doctrine : « Je ne sais ce que je vois qu'en travaillant. »

Chase Manhattan

Avant de devenir la sculpture la plus chère du monde, le chef-d'œuvre de Giacometti a connu quelques déboires. Il nous faut revenir en 1956, quand une des plus importantes banques du monde, la Chase Manhattan Bank, décide d'élever un building de soixante étages sur l'île de Manhattan à New York, destiné à abriter son siège. L'architecte, un certain Gordon Bunshaft, par ailleurs collectionneur d'art contemporain et de pièces de Giacometti, prévoit une esplanade au pied de la tour, sur Pine Street. Grâce au soutien de son marchand new-yorkais Pierre Matisse, le comité chargé de désigner le sculpteur qui devra concevoir une œuvre pour la Chase Manhattan Plaza retient les noms de Giacometti et de l'Américain Alexander Calder : il leur passe commande du projet.

Giacometti, qui n'est jamais allé à New York et n'a jamais vu de gratte-ciel, est d'abord étonné que son nom ait été retenu, mais il se lance dans l'entreprise avec enthousiasme. Il refuse toujours de se rendre à New York et travaille à partir d'une maquette du bâtiment en situation. Cela lui convient, lui qui a pour habitude les petits formats. Il repousse d'abord l'idée de l'architecte d'agrandir jusqu'à dix-huit mètres de haut trois *Homme qui marche.* Le gigantisme ne correspond pas à son état d'esprit. Certes, les grandes dimensions s'imposent pour faire face à l'immense tour, mais il tient à créer une œuvre originale. Il ne veut pas se contenter d'un simple agrandissement.

Selon son habitude, il travaille d'arrache-pied, ébauche de nombreuses figures, en détruit beaucoup. Et recommence. Il reprend encore et encore, jusqu'à exécuter, selon David Sylvester, pas moins de quarante études de *L'Homme qui marche* et dix de *Femme debout*! Ces études marquent la fin de *L'Homme qui marche.*

Dans son atelier étroit, il utilise des échelles et n'hésite pas à sortir ses sculptures sur le trottoir pour les confronter à l'espace de la rue. Mais Paris n'est pas New York. Il finit par se rendre compte de son impuissance à grandir à l'excès ses personnages. Alors, il opte pour un ensemble. Il imagine trois sculptures : une figure féminine, une grande tête et son *Homme qui marche.* Il dispose ses personnages sur une base surdimensionnée pour donner de la hauteur à cet ensemble. En 1959, toutes ses maquettes sont même coulées en bronze. Mais cela ne convient toujours pas. Il finit par renoncer au projet de lui-même.

La commande est reprise par Jean Dubuffet, qui installera un groupe de quatre arbres, en époxy, de douze mètres de haut, au pied de l'immeuble de la Chase Manhattan Bank, et par l'Américano-Japonais Isamu Noguchi, qui composera un jardin minéral, *Sunken Garden.*

Curieusement, Giacometti n'a pas abandonné tout à fait l'idée de poursuivre le travail. Il y revient lorsqu'il se décide enfin à se rendre à New York, à l'occasion de la rétrospective que lui consacre le MoMA, en 1965. Il visite alors l'esplanade au pied de la Chase Manhattan Bank. De retour à Paris, il se remet au travail pour ce projet et veut créer une seule figure de femme, très grande, qui occuperait tout l'espace. Il fait construire par Diego, son frère, l'armature de fer. Mais ce rêve américain s'arrête là. Le projet n'a pas de suite.

Il est d'une magnifique ironie de constater que, quelques décennies après, cet *Homme qui marche*, qui devait être le symbole, en quelque sorte, d'une des plus importantes banques, cet homme qui avance envers et contre tout, dans une époque désolée, batte tous les records de vente aux enchères.

Le 3 février 2010, à Londres, la maison de vente Sotheby's met aux enchères *L'Homme qui marche I.* Il s'agit d'un des six exemplaires (plus quatre marqués « E. A. », « épreuve d'artiste ») coulés en bronze par le marchand Aimé Maeght : il a été vendu au marchand new-yorkais Sidney Janis en 1961. Une dizaine d'acquéreurs se battent jusqu'à la hauteur de 10 millions d'euros. Au-delà ne restent en lice que deux milliardaires, qui se déchirent par téléphone, jusqu'à ce que le commissaire-priseur atteigne la somme faramineuse de 65 millions de livres sterling, soit 74,2 millions d'euros ou encore 104,32 millions de dollars. Soit l'équivalent de seize fois le budget d'acquisition annuel du Centre Pompidou.

Cette année-là, Giacometti bat son rival Picasso et son *Jeune homme à la pipe.* La cote de Picasso le dépassera, à nouveau, quelques mois après, avec le *Nu au plateau de sculpteur* (1932) : 106,4 millions de dollars.

L'Homme qui marche I reste la sculpture la plus chère au monde. Il faut y voir là, au-delà de ces envolées financières excessives, la reconnaissance d'une œuvre qui symbolise le mieux le XXe siècle.

Homme qui marche I*

Plâtre (en morceaux), Alberto Giacometti-Stiftung, Zurich (Suisse)

1/6, 1961, Carnegie Institute, Pittsburg.

2/6, 1961, collection particulière.

3/6, 1962, Albright-Knox Art Gallery, Buffalo (États-Unis).

3/6, 1961, collection particulière.

5/6, 1962, collection particulière.

6/6, 1962, Tehran Museum of Contemporary Art, Téhéran (Iran).

0/6, 1982, collection particulière.

Épreuve de l'Unesco, 1970, Unesco, Paris.

Fondation Maeght, 1963, Fondation Maeght, Saint-Paul-de-Vence.

Fondation Alberto et Annette Giacometti, 1981, FAAG, Paris.

Homme qui marche II**

Plâtre en morceaux, Fondation Alberto et Annette Giacometti, Paris.

1/6, 1960-1961, National Gallery of Art of Washington (États-Unis).

2/6, 1960-1961, The Art Institute of Chicago (États-Unis).

4/6, 1962, Fondation Beyeler, Bâle (Suisse).

4/6, 1961, collection particulière.

5/6, 1962, Herbert F. Johnson Museum of Art, Cornell University, Ithaca (États-Unis).

6/6, 1962, Rijksmuseum Kröller-Muller, Otterlo (Pays-Bas).

0/6, 1979, collection particulière.

Fondation Maeght, 1963, Fondation Maeght, Saint-Paul-de-Vence.

Musée Louisiana, 1977, Louisiana Museum for Moderne Kunst, Humlebaek (Danemark).

Tous les exemplaires de *L'Homme qui marche I* et *II* ont été édités chez Susse, fondeur.

Vivre avec Giacometti

L'Homme qui marche revient dans mes rêves, mes cauchemars parfois. Il y a quelque temps déjà, alité dans une salle de soins intensifs, je le voyais apparaître puis disparaître dans mes pensées nourries de morphine. Il surgissait sans prévenir au milieu d'une gradation d'ombres qui tombaient du plafond. Son étroite silhouette se dessinait dans la lumière incertaine qui accroissait la sensation de profondeur et imprégnait la pièce d'un aspect fantastique. Mes voisins de chambre, dans un état comateux, ne se rendaient compte de rien, eux aussi devaient s'enfoncer dans leurs rêves. L'Homme qui marche remontait les grands boulevards sous la pluie, il avançait et dégageait une énergie formidable, celle de la pureté et du miracle. Le miracle de vivre. Je l'enviais. J'étais dans l'impossibilité de me lever, le désir d'être à ses côtés, de marcher avec lui, descendre une avenue, remonter un boulevard ou grimper un escalier m'envahissait, puis la stupeur m'anéantissait. Le besoin de marcher est immense lorsque la vie vous cloître, vous immobilise, vous laisse comme pétrifié, dans l'impossibilité de tenir en équilibre debout. C'est brutal et fou, vous ne pensez plus qu'à ça, vous vous dites : jamais plus je ne pourrai arpenter les rues. Je ne pensais plus qu'à marcher, je l'enviais. J'enviais sa légèreté essentielle, celle de la vie, sa tension concentrée dans sa verticalité, son cou droit, son regard dense, sa tête levée. Il y a de l'allégresse dans son pas, presque de l'alacrité. Dès que l'infirmière avait tourné les talons, dès que les brouillards médicamenteux des anxiolytiques et autres drogues m'emportaient, il revenait. J'avais l'impression de le reconnaître, il était si étrange avec ses jambes trop longues, j'aimais la rugosité de son visage, j'imaginais entendre sa voix, une voix de rocaille. Il était vivant. Peut-être était-ce Giacometti lui-même ? Même s'il était entré dans ma vie par effraction, sans que je le voie venir, j'avais apprivoisé *L'Homme qui marche*, il était devenu presque un ami. Ça doit toujours se passer ainsi lorsque vous êtes débordé par un sentiment trop fort.

Fragments d'une vie

Alberto Giacometti, artiste peintre, sculpteur et dessinateur, naît en 1901 à Borgonovo, près de Stampa (Suisse), et meurt à Coire (Suisse) le 11 janvier 1966. Il n'est jamais appelé par son premier prénom, Giovanni, celui de son père. Il y a le Giacometti de sa terre natale des Grisons qui peignait des paysages de montagne et le portrait de sa mère Annetta, il y a le Giacometti amoureux de l'Italie, de Venise et du Tintoret, de Padoue et de Giotto, il y a le Giacometti élève inquiet de l'Académie Bourdelle qui avoue son impuissance, il y a le Giacometti collaborateur du décorateur Jean-Michel Frank et d'Elsa Schiaparelli (« À l'époque c'était plutôt mal vu, c'était considéré comme une espèce de déchéance », dira-t-il), il y a le Giacometti surréaliste et ses objets qu'il qualifiait de « désagréables », l'ami d'Anna de Noailles et de Jean Cocteau, de Breton et de Bataille, de Leiris et de Queneau, il y a le

Giacometti du 46 rue Hippolyte-Maindron, celui de l'atelier minuscule dont il dira « plus j'y restais, plus il grandissait », il y a le Giacometti de la traversée du désert et de la guerre, qui met ses têtes dans des boîtes d'allumettes, et il y a le Giacometti, le grand Giacometti, celui de *L'Homme qui marche*, enfin célébré et reconnu de tous, soutenu par ses marchands Aimé Maeght et Pierre Matisse. Il y a le Giacometti seul avec sa femme Annette et son frère Diego, dans son atelier, attelé à ses plâtres, il y a le Giacometti des bars de nuit et leurs filles, il y a les errances à Montparnasse, il y a son *Paris sans fin* au côté de Caroline dans son cabriolet rouge, il y a le Giacometti buveur de café et fumeur de cigarettes, il y a le Giacometti éternel insatisfait de ses portraits, de ses sculptures, de ses peintures. Il y a tous ces clichés de l'artiste, il y a ces multiples Giacometti, qui finissent par se fondre en un seul, comme son œuvre est unité. Est-ce l'œuvre que l'on perçoit aujourd'hui ou l'artiste ? C'est l'artiste moins son œuvre, répondrait Roland Barthes, la forme suprême du sacré.

Où est-il ? Où se tient le vrai Giacometti ? Qui est ce génie qui inlassablement travaille ? Qui est celui que désormais des générations d'artistes tentent d'imiter en allongeant des silhouettes de ferraille, en moulant des bronzes tièdes sans vigueur, celui dont les œuvres s'arrachent à des dizaines de millions d'euros ou de dollars, celui dont les œuvres dorment dans des box et coffres blindés détenus par des milliardaires ? Peut-être est-il celui qui disait préférer sauver un chat d'un incendie plutôt qu'un Rembrandt. Ou encore celui-ci, puisque l'on parle d'incendie, qui disait à Michel Leiris que la seule pièce de théâtre possible serait la suivante : Le rideau se lève, un pompier entre en scène et crie : Au feu ! Le rideau tombe, c'est la panique, et toute la salle se vide dans un féroce désordre. Une vision du théâtre proche de celle de Genet, qui, lui, proposait une pièce « où les spectateurs entendraient en s'asseyant que l'on tire derrière eux les verrous : incarcérés avec les personnages ».

Aucune notice biographique, aucun dictionnaire, aucune encyclopédie ne saura dire qui était l'homme complexe, le grand homme, le génial artiste. Une mythologie se bâtit d'une suite de petits riens et de différences, de grand œuvre et de petites phrases. Peut-être celle-ci : « Je cherche en tâtonnant à attraper dans le vide le fil blanc du merveilleux. »

Références bibliographiques

BAIR (Deirdre), *Samuel Beckett*, Paris, Fayard, 1979.

BATAILLE (Georges), « Le Gros Orteil », Paris, *Documents*, n° 6, 1929.

BAUDELAIRE (Charles), « L'Art romantique », in *Curiosités esthétiques*, Paris, Garnier-Flammarion, coll. « Classiques Garnier », 1990.

BEAUVOIR (Simone), *Tout compte fait*, Paris, Gallimard, 1972.

BERGER (John), *Au regard du regard*, Paris, L'Arche, 1995.

BRECHT (Bertolt), *Ecrits sur la politique et la société*, Paris, L'Arche, 1967. BRETON (André), *L'Amour fou*, Paris, Gallimard, 1937.

BRETON (André), GIACOMETTI (Alberto), « Le dialogue en 1934 », Bruxelles, *Documents 34*, n° 1, juin 1934 ; repris dans le numéro spécial *L'Intervention surréaliste*, in *L'Arc*, réimpression n° 37, 1969.

BONNEFOY (Yves), *Giacometti*, Paris, Flammarion, 1991.

BOUCHET (André du), textes du catalogue de l'exposition *Dessins*, galerie Claude-Bernard, Paris, mai 1968.

CHARBONNIER (Georges), « Entretien avec Alberto Giacometti », Paris, *Les Lettres nouvelles*, n° 6, 16 avril 1959.

CLAIR (Jean), « Giacometti le sauveur », *La Nouvelle Revue française*, n° 202, Paris, octobre 1969.

CLAY (Jean), « Alberto Giacometti : le dialogue avec la mort d'un très grand sculpteur de notre temps », *Réalités*, n° 215, décembre 1963.

DELACROIX (Eugène), *Journal 1822-1863*, Paris, Plon, 1981.

DELAY (Claude), *Giacometti Alberto et Diego, l'histoire cachée*, Paris, Fayard, 2007.

DIETRICH (Marlène), *Marlène D.*, Paris, Grasset, 1984.

DUMAYET (Pierre), « Le drame d'un réducteur de têtes », *Le Nouveau Candide*, 6 juin 1963 ; repris dans *Vu et entendu*, Paris, Stock, 1964.

DUPIN (Jacques), *Alberto Giacometti*, Paris, Maeght éditeur, 1962.

DUPIN (Jacques) et LEIRIS (Michel), *Alberto Giacometti*, Paris, Maeght éditeur, 1978.

Fondation Alberto et Annette Giacometti, *L'Atelier d'Alberto Giacometti*, catalogue de l'exposition au Centre Pompidou, collection de la Fondation Alberto et Annette Giacometti, 2007.

GENET (Jean), « L'Atelier d'Alberto Giacometti », *Derrière le miroir*, n° 98, catalogue de l'exposition à la galerie Maeght, Paris, Maeght éditeur, juin 1957 ; *L'Atelier d'Alberto Giacometti*, Paris, L'Arbalète, 1963.

GIACOMETTI (Alberto), « Hier, sables mouvants », *Le Surréalisme au service de la Révolution*, n° 5, mai 1933.

GIACOMETTI (Alberto), extraits d'une lettre dans le catalogue de l'exposition à la Pierre Matisse Gallery, New York, novembre 1950.

GIACOMETTI (Alberto), *Écrits. Articles, notes et entretiens*, Paris, Hermann, 1990.

GIACOMETTI (Alberto), « Entretien avec David Sylvester », *L'Éphémère*, n° 18, 1971 ; repris dans *Alberto Giacometti. Dessins*, Paris, galerie Claude-Bernard, 1975.

GIACOMETTI (Alberto), *Je ne sais ce que je vois qu'en travaillant. Propos recueillis par Yvon Taillandier*, Paris, L'Échoppe, 1993.

GRENIER (Jean), « Giacometti », *Preuves*, Paris, juillet 1961.

HEIDEGGER (Martin), *Remarques sur art-sculpture-espace*, Rivages, coll. « Petite Bibliothèque », 2009.

HOHL (Reinhold), « Alberto Giacometti », Lausanne, La Guilde du Livre de Clair-fontaine, 1971.

JULIET (Charles), *Giacometti*, Paris, Hazan, 1985.

LA BAUMELLE (Agnès de), BERNADAC (Marie-Laure), HOLLIER (Denis), *Leiris & Co*, catalogue exposition Centre Pompidou-Metz, 2015.

LARRONDE (Olivier), LECLERCQ (Léna), YANAIHARA (Isaku), *Derrière le miroir*, n° 127, catalogue de l'exposition à la galerie Maeght, Maeght éditeur, Paris, mai 1961.

LEIRIS (Michel), « Alberto Giacometti », *Documents* (revue de Georges Bataille), 1929 ; *Documents*, présenté par Bernard Noël, Paris, Mercure de France, 1968.

LEIRIS (Michel), « Pierre pour un Alberto Giacometti », *Derrière le miroir*, n° 39-40, catalogue de l'exposition à la galerie Maeght, Maeght éditeur, Paris, juin-juillet 1951.

LEIRIS (Michel), « Alberto Giacometti en timbre-poste ou en médaillon », Aix-en-Provence, *L'Arc*, n° 20, 1962.

LEIRIS (Michel), *Fibrilles*, Paris, Gallimard, 1966.

LORD (James), *Un portrait par Giacometti*, Paris, Mazarine, 1981

LORD (James), *Giacometti, biographie*, Paris, NIL Éditions, 1997.

MAUBERT (Franck), *L'odeur du sang humain ne me quitte pas des yeux. Conversation avec Francis Bacon*, Mille et une nuits, 2009.

MOULIN (Raoul-Jean), *Giacometti : sculptures*, Paris, Hazan, 1964.

PAGÉ (Suzanne) (sous la direction de), *Alberto Giacometti, sculptures, peintures, dessins*, catalogue de l'exposition au musée d'Art moderne de la Ville de Paris, 1991.

PARINAUD (André), « Pourquoi je suis sculpteur, entretien avec Alberto Giacometti », *Arts-Lettres-Spectacles*, n° 873, 13 juin 1962.

PEPPIATT (Michael), *Dans l'atelier de Giacometti*, Paris, L'Échoppe, 2003.

PONGE (Francis), « Réflexions sur les statuettes, figures et peintures d'Alberto Giacometti », *Cahiers d'Art*, 26e année, Paris, 1951.

SARTRE (Jean-Paul), « Introduction » du catalogue de l'exposition à la Pierre Matisse Gallery (avec une lettre d'Alberto Giacometti), New York, janvier-février 1948.

SARTRE (Jean-Paul), « La Recherche de l'absolu », *Situations III*, Paris, Gallimard, 1949.

SARTRE Jean-Paul), « Les peintures d'Alberto Giacometti », *Derrière le miroir*, n° 65, catalogue de l'exposition à la galerie Maeght, Maeght éditeur, Paris, mai 1954.

SARTRE (Jean-Paul), *Les Mots*, Paris, Gallimard, 1964.

SCHNEIDER (Pierre), « Ma longue marche », *L'Express*, n° 521, 8 juin 1961.

SCHNEIDER (Pierre), *Les Dialogues du Louvre*, Paris, Denoël, 1967.

SYLVESTER (David), catalogue de l'exposition de dessins à la galerie Claude-Bernard, Paris, novembre 1975-janvier 1976.

WALDBERG (Patrick), « Alberto Giacometti, l'espace et l'angoisse », *Critique*, n° 143, avril 1959.

YANAIHARA (Isaku), *Avec Giacometti*, Paris, Allia, 2014.

ZERVOS (Christian), « Quelques notes sur les sculptures de Giacometti », *Cahiers d'Art*, 7e année, n° 8-10, Paris, 1932.

Table des matières

Du même auteur

Romans et récits

Est-ce bien la nuit?, roman, Stock, 2002.

Près d'elles, roman, Flammarion, 2003.

Et les arbres n'en seront pas moins verts, roman, Assouline, 2005.

La Mélancolie de Nino, Scali, 2006.

Le Père de mon père, roman, Philippe Rey, 2008.

Le Dernier Modèle, Mille et une nuits, prix Renaudot-essai 2012, 2012.

Ville close, roman, Écriture, 2013.

Visible la nuit, roman, Fayard, 2014.

Les Uns contre les autres, roman, Fayard, 2015.

L'eau qui passe, roman, Gallimard, 2018 (Prix Jean Freustié).

Avec Bacon, Gallimard, 2019 (Folio n° 6954).

Le bruit de la mer, Flammarion, 2020.

Histoires naturelles, Mercure de France, 2022.

Une odeur de sainteté, roman, Mercure de France, 2023.

Avec Pierre de Ronsard, Mercure de France, 2024.

Livres d'art

La Peinture moderne, Nathan, 1985.

Orsay peinture, Nathan, 1986.

Voyeur de première, Mentha, 1991 ; La Table ronde, 1998.

Le Paris de Lautrec, Assouline, 2005.

Maeght, une aventure de l'art vivant, avec Y. et I. Maeght, La Martinière, 2006.

L'odeur du sang humain ne me quitte pas des yeux. Conversations avec Francis Bacon, Mille et Une Nuits, 2009.

Autres

Petit Guide à l'usage de ceux qui s'intéressent encore à leurs contemporains, Stock, 1990.

Voyeur de première, Mentha, 1991 ; La Table ronde, 1998.

Lexique toxique, dessins de Roland Topor, Michel Lafon, 1996.

Gainsbourg for Ever, Scali, 2005.

Gainsbourg à rebours, Fayard, 2013.

Bacon, Éclats d'une vie, dessins de Stéphane Manel, Seghers, 2023.

Composition réalisée par Belle Page

Cet ouvrage a été imprimé en France par
CPI Bussière
Z.I. rue Pelletier Doisy
18200 Saint-Amand-Montrond (France)

pour le compte des Éditions Fayard
13 rue du Montparnasse, 75006 Paris
info-fayard@editions-fayard.fr
en avril 2025

PAPIER CERTIFIÉ

fayard s'engage pour l'environnement en réduisant l'empreinte carbone de ses livres. Celle de cet exemplaire est de :
0,500 kg éq. CO_2
Rendez-vous sur
www.fayard-durable.fr

N° d'édition : 84-6755-2/01 - N° d'impression : 2084527